ようこそ、癒しのモフカフェへ！

～マスターは転生した召喚師～

1

Character
- 登場人物紹介 -
フェリクス
シャルロットの学院時代の先輩。
騎士団に勤めながら、
無茶をしがちなシャルロットを
気にかける。
シャルロット
転生者として、前世の知識を
いかして王都初の喫茶店を開く。
莫大な魔力と、召喚師としての
素質を持つ。明るく前向きな性格。

人間の姿
精霊の姿
エレノア
シャルロットが召喚した
光の精霊女王。
人間の姿に変身して、
従業員としてお店で働く。
グレイシー
シャルロットの
学院時代からの友人。
宮廷魔術師として
王宮で働く。
クロガネ
シャルロットが契約した
ケルベロスという幻獣。
普段は三匹にわかれた
子犬の姿で接客している。
マネキ
シャルロットが召喚した
オオネコという幻獣。
看板猫としてお店で
人気を集める。

ようこそ、癒しのモフカフェへ！

～マスターは転生した召喚師～

Contents

プロローグ

その召喚師は癒しのカフェを経営中

Welcome to the healing Mofu Cafe!

異世界に転生し、異界から幻獣を呼ぶことができる召喚師となり、さらには喫茶店を開くことになるなど、世の中で一体何人が想像できるだろうか？

少なくとも当事者であるシャルロット・アリスが、前世でそんな想像をしたことは一度もなかった。

（いや、今でも嘘みたいな話だと思うけど……実際、そうなっているから不思議だよね）

これが人から聞いた話であれば『冗談みたい』だと思う。しかし、実際に自分が『日本人』であった頃の記憶を保持しているとなれば信じるしかない。

シャルロットは前世の自分のことを『ごくごく平凡な社会人』だったと思っている。平日は慌《あわ》ただしく仕事に追われていたが、休日は育てたハーブや摘んできた野草を使って自分でお茶を作ったり、それに合うお菓子を作ったりして、自分で作らなければ味わえない楽しみを満喫していた。

そのことを思い出したのは五歳の頃、登っていた木から落ちて身体を打ったことが原因だった。

『また死んじゃう、こんなことで死にたくない！』

そう思ったとき、これまでの五年の人生では知らないはずの、けれど不思議と懐かしい光景がたくさん蘇《よみがえ》った。

この世界に『高層ビル』なんて建物はない。空を飛ぶ『飛行機』なんて見たこともないし、ましてや乗ったことなどない。それに、何より……美味《おい》しいお菓子を食べたことなど一切ないはずなのに、焼き立てのパンケーキにアイスクリームを添えてチョコレートソースをかけ、仕上がったばかりのハーブティーを合わせて楽しんでいた記憶。それが自分のものであることを理解してしまったのだ。

あの味は、覚えている。

（ずるい、私……!!）

そんな風に羨《うらや》ましく思ってしまうことから、過去の自分が日本で暮らしていた事実に納得せざるを得なかった。

あのパンケーキには果肉たっぷりのジャムを添えても美味しいんだ、それに合わせたハーブティーも作ったばかりだったんだ……などと次々と記憶が蘇ってくるあたり、夢だとも思えない。

幸いにも落下の衝撃は思ったよりも軽く、負った怪我《けが》はたんこぶ程度であった。今生《こんじょう》の身体は非常に頑丈であるらしい。

その後シャルロットはしこたま怒られたあと、ベッドの上でじっくりと考えた。

転生した？　そんなことは信じられないが、実際に記憶がある。

前世で本当に死んだのか？　記憶はないが、死んでいなかったらこの状況にはなっていないと思われる。

そのような問答を一人繰り返し、やがて出した結論は『どうして死んだのかわからないけれど、今の私は新しい人生の真ったただ中なのね。なら、前世の死因を思い出そうとするより、今生の人生を楽しまなければ損だわ』ということである。考えても思い出せないだろうことを延々と考えていても仕方がない。

だからこそ、シャルロットは前世の知識を遠慮なく活用しようと心に決めた。

今生のシャルロットは優しい人たちに囲まれてはいたものの、孤児スタートで貧乏暮らし。

その思いから、まずはお金を貯められるようにと様々なことに取り組んだのだが……その時点ではまだ将来、育ったセレスティア国レヴィ村から王都へ向かうことや、召喚師として精霊や幻獣と契約すること、王都には馴染《なじ》みがなかった喫茶店を始めること、そしてその店で召喚師としての能力をフル活用することなど、一切想像していなかった。

(本当に幸運の連続だったよね)

そんなことを考えるシャルロットに、透き通った綺麗《きれい》な声が飛んできた。

「シャルロット、次の注文はもうできている？」

「ちょうど今できたところだよ。薬草茶ラテアートとクッキーね。配膳よろしく、エレノア」

シャルロットがエレノアと呼んだ女性は金の髪と深い青色の瞳を持つ美女だ。

傾国《けいこく》の美女とは彼女のような者のことを言うのだろうとシャルロットは思っている。

ただし、彼女は人間ではない。エレノアはシャルロットが学生時代に召喚した光の精霊女王だ。

異界に住むはずの光の精霊がここにいるというだけで、本来ならば人々が仰天《ぎょうてん》することである。

その女王がこの店でウェイトレスをしているなど、きっと客は誰一人想像してはいないだろう。しかしエレノア自身は気にしていないので、シャルロットも気にしていない。

そんなエレノアはシャルロットから受け取ったカップを丸い木製トレイに載せ、満足そうに笑った。

「さすがシャルロット、やっぱり上手ね。お茶に絵が描いてあるなんて、何度見ても斬新《ざんしん》で楽しいし、お客さんも喜ぶわ」

「お褒《ほ》めに預かり光栄です」

「こんなことを思いつくなんて、本当にすごいわよ」

シャルロットはエレノアに冗談めかして笑って言葉を返した。

アリス喫茶店の看板メニュー、『薬草茶ラテアート』。

これはこの世界ではシャルロットのオリジナルということになっているが、前世の記憶を大いに役立てたメニューに他ならない。個性的だと開店当初から噂になったおかげで、たくさんの客の関心を引いてくれる結果になった。

ほかにも前世の記憶を活用したものはたくさんあるが、その中でももう一つ、特に噂になっている名物がある。それはちょうど今、中央付近のソファ席で女性客たちに可愛がられている、明らかに通常よりもサイズが大きな猫である。

「今日もマネキちゃんは凄《すご》い毛並みねぇ」

「ほんとほんと、肉球も可愛い。大人しくてお上品だし……」

「ねえ、今度は私に撫《な》でさせてちょうだい？」

こうして女性たちに大人気のマネキと呼ばれた猫は、シャルロットが召喚した……というよりも、召喚するつもりがなかったのに勝手に召喚されたオオネコという幻獣だ。

幻獣は本来シャルロットたち人間が住む世界とは異なる『霊界』に住む生き物であるのだが、マネキはそこで住む場所に困り、シャルロットが作った異界への道にたまたま滑り込み、現在ではアリス喫茶店でアイドルを務めている状態だ。

（王都最初の喫茶店がまさか猫カフェになるとは……これも本当に予想外だったよね）

喫茶店がなかった王都には当然猫カフェなんてものもなかった。けれど、猫ことマネキも客も嬉《うれ》しそうなのでシャルロットも満足だ。

平和な喫茶店経営を続けていければいいと思うものの、これまでにいろいろなことがあっただけに、これからもいろいろなことが起こるのだろうと思わずにはいられない。

そんなことを考えながらシャルロットは開店までの出来事を思い出した。

第一話　転生少女の第一歩

Welcome to the healing Mofu Cafe!

レヴィ養護院があるレヴィ村の大人たちがシャルロット・アリスに対して抱いている印象は皆ほぼ同じだ。それは『好奇心旺盛で、お転婆《てんば》な少女』ということである。

しかし五歳の誕生日を迎えたばかりの先日、おやつ欲しさに登った木から落ちた後は以前よりずいぶん落ち着いたようで、大人びた言動も見せるようになっていた。

けれど、それも当然だった。

なんと言っても、シャルロットは二度目の人生を歩み始めているということに気づいたのだから。

（大人だった頃の記憶が戻った以上、遊んでばっかりもいられないよね……！）

幸い養護院では食事も一日三度きっちり出るし、職員も優しい上、近くに幼年学校もあるので五歳から九歳までの間は勉強をすることもできる。

ただし、養護院には予算の限界がある。質素な生活には違いない。

食事は毎度固いパンと水のセットが中心だ。稀《まれ》にほとんど具のないスープが追加されるが、美味しいとは言いがたい。記憶が戻る前から食事がやや簡素であるとはシャルロットも理解していたが、かつて自分が味わっていた食事の記憶が戻ったあとは味がしないとさえ感じてしまう。あと、量も少々足りていない。

（だからこそ、職員さん《お母さん》たちも子供だけで森に入ること自体は怒らないんだよね。危ない獣《けもの》も普

通は出ないし）

ただし、木から落ちたことには『無理をしないという約束だったでしょう！』としこたま怒られてしまったのだが。

（でも、食事が不味《まず》いだなんて絶対に言えない）

けれど我慢を続けるのもなかなか辛い。前世では美味しいものを食べることを活力としていただけに、それがないとなれば気力が湧かないのだ。

かといって、美味しいものを買うための金銭をすぐに稼ぐ方法など思いつかない。

これはどうしたものかとシャルロットは考え、そしてはっとした。

美味しい食材を購入することは困難でも、まず飲み物の味を改良することは比較的簡単にできるのではないか、と。

（お茶を作ってみるのはどうかな？　前世でもハーブティーや薬草茶を楽しんでいたし！　趣味で作っていたから、この世界でもどうにか作れるかも）

レヴィ村では水が飲料の中心だ。残念ながら質素なこの村では茶葉は贅沢品《ぜいたくひん》でしかないので、仮に手に入ったとしても養護院の子供に与えられることはない。

一応、村では酒造りも行われているが、それは山から採集してきた果実を自然発酵させているだけで味は重視されておらず、単純に酔いを楽しむものだとされているため、自分のために作っている者以外はあまり飲まない。

つまり、うまくいけば自分だけではなく村の皆が新しい飲み物で楽しんでくれる可能性もある。

（薬草探しのついでに山菜でも見つかれば、副菜も増えるし！　よし、行動開始！）

シャルロットは早速その日からお茶にふさわしい草花を探すことにした。

幸い山には前世で見覚えがある草花とよく似たものがたくさん自生している。ただし有毒なものもあるかもしれないので、収穫した草花の毒性については村の医師や薬師のもとへ尋ねに行った。そして問題ないと判断されたものについてのみ、美味しく飲める、もしくは食べられる方法を模索《もさく》した。

初めは村人たちも養護院の家族も、シャルロットのことを『薬師の真似事でも始めたのか』と、微笑ましく見守っていた。けれど薬草を干したり燻《いぶ》したりして、何やら本格的に挑戦していく姿に徐々に興味を示していった。

いったい何をするつもりなのか、と。

だからシャルロットはそのたびに答えた。

「お水をもっと美味しく飲めるようにしますから！」

そしていろいろな薬草を集めてお茶作りに励んだり、時折スープに薬草を加えたり、薬師のもとで本を読んで新しい薬草を探したりと、慌ただしい日々を過ごし始めた。


そしてあっという間に一年の時が流れ、シャルロットは六歳の春を迎えた。

薬草茶の実験は順調で、シャルロットはフローラルなものからすっきりしたものまで、あらゆる味と香りのお茶を作り出していた。そして養護院で飲むのはもちろんのこと、村の皆にも薬草茶を配っていたため、既《すで》にシャルロットは一人前の薬草茶売りとして村人たちから認識されていた。

おかげでシャルロットには、今や専用の実験工房がある。工房といっても物置小屋の一部を改造しただけの簡易なものではあるが、シャルロットにとっては楽園だ。

この工房が与えられるまで、相部屋しか持たないシャルロットは遊び盛りの子供たちのかたわらで植物を乾燥させることにも苦労していた。茶葉をストックしようにも場所がなかったのだ。

しかし工房が与えられたことにより茶葉を散らかされてしまう心配をせずに安心して乾燥させられるし、採集した薬草のストックも可能だ。それに工房には簡易の過熱設備もあるので台所を借りなくてもお茶が淹《い》れられるようになったうえ、古い茶器や保存容器、炒《い》るためのフライパンなど村人から譲り受けた道具類も置くことができているのでありがたい。

シャルロットは毎日午前中に幼年学校の授業を受けた後は、この場所でお茶の改良や飲み比べの実験をしたり、山に入って薬草集めをしている。

今日もシャルロットは工房でお茶の試飲をしようとしていたが、そこへ軽い足音が近づいてきた。

「シャルロット！　テレサさんが何かお勧《すす》めのお茶を持ってきてほしいって言ってたよ！」

やってきたのはシャルロットと同じく養護院で暮らす少女だった。こうしてシャルロットの仲間たちは小さな営業担当となり、村人から注文を取り付けてくれたり、山から薬草をとってきてくれたりする。養護院の皆もシャルロットの売り上げで夕飯のおかずが増え、村人から鶏肉や野菜の差し入れがもらえることを楽しみにしているので、一生懸命だ。

しかしシャルロットは少女の言葉に首を傾《かし》げた。

「えーっと、何かって……どんな？」

「それはお任せするって。シャルロットなら間違いないからって、テレサさんは言ってたよ」

「じゃあ……テレサさんは香ばしいのが好きだから、コマメエンドウのお茶かなぁ？」

コマメエンドウは日本で薬膳茶の材料に用いられていたカラスノエンドウによく似た見た目で、あちらこちらに生えている。これを乾燥させてから焙煎《ばいせん》すると香ばしくて美味しいお茶になる。

飲み方はティーポットに茶葉を入れて熱湯を注いで飲む方法と、軽く煮出した後に冷ましてから飲む方法がある。

シャルロットは手近な紙に子供らしい字で『飲み方は前と同じです。お渡ししたスプーン一杯分の茶葉に、熱湯を注いでください。飲み過ぎは注意』と、書いた。

「じゃあ、これをテレサさんに渡してきてね」

「はーい！」

「振り回したら落としちゃうよ！　気を付けて！」

「わかってるって！」

そうして少女は依頼人のもとへと走っていった。

シャルロットはそれを見送り、軽く息をついた。彼女も自分たちの夕食にかかわってくることなので、商品のことは大事に思ってくれているはずだ。きっと大丈夫だろう。

「それで……声をかけられるまでは何をしようとしてたっけ？」

そう思いながらシャルロットは机の隣で沸いているお湯を見て、はっとした。

「そうだ、お茶を試飲しようとしてたんだ。これはカミラさんからも食べて大丈夫ってお墨付《すみつ》きをもらった薬草だし、きれいなドライハーブに仕上がったけど、どんな味がするんだろう」

カミラというのは村に住む初老の薬師だ。

彼女はシャルロットに対して、孫に接するように優しく薬草について教えてくれる。シャルロットが持ち込んだ薬草以外の野草や木の実についても、せっかく興味があるのだったらと本を持ち出し丁寧《ていねい》に説明してくれる。そのうえシャルロットが山に行く際には、薬になる薬草採取の依頼もしてくれることがあるほど、信頼のおける間柄だ。

シャルロットは薬草茶の準備を終えると、近くの砂時計をひっくり返した。

「ええっと……まずは三分くらい蒸らしてみようかな?」

お茶に使った部位が花であれば、香りが飛びやすいうえ、長く蒸らすと苦みが出ることもある。葉であれば五分程度蒸らしても問題ない場合もあるが、苦みが強いものであれば花と同じく三分程度で引き上げることが大切だ。一方、根や種子を使用するなら、抽出《ちゅうしゅつ》にかける時間も長くなる。

シャルロットが今から試そうとしているのはレヴィという、村の名前にもなっている草である。踏まれても翌日には新芽を出すほど強い生命力をもっているので、シャルロットは内心『根性草』と呼んでいる。見た目はセリによく似ており、森に出るまでもなく村の中にも多く生えている。

しかしそれだけ生えていても、村人に食べる者はいない。

(……まあ、葉物野菜の代わりにするには硬いし筋っぽいもんね)

実際にシャルロットもかじったことがあるので知っている。

もしかしたら葉も美味しく食べられる調理法があるのかもしれないが、シャルロットがレヴィ草を集めていると『食べられないぞ。うまかったら先祖代々食べているしな』『無理してそんなものを食べてもいいことないぞ?』というような声が多かったので、食べるものだとは誰も思っていないのが現状だ。

しかしそれはあくまでも、そのまま食べようとしたときの話だ。お茶にすれば変わるかもしれないとシャルロットは考えている。先日、シャルロットがカミラの部屋の薬草事典を見ていた際、どうもレヴィにそっくりな薬草がほかの地域で別の名前で呼ばれており、なおかつものすごく健康的で素晴らしいものだとされているのを見つけてしまったのだ。その地域ではすりつぶして塗り薬のように使っていたので、食べ物として扱っていたわけではないが、シャルロットが興味を抱くには十分な記述だった。

ただ、文献だけではレヴィとその薬草が同じものなのか、シャルロットにはわからなかったのでカミラに尋ねたところ、彼女は大変驚いていた。本を所持している彼女自身が気づけなかったのは、文献にはその薬草は大変根付きにくいと書かれていたのに、村には大量に自生していたからだ。だから同じものがここにあると思っていなかったらしい。

最初にシャルロットがカミラに尋ねたとき、彼女は難しい顔をして言っていた。

『おそらくだけど……きっと、これはその生産地から、当時秘密裏《ひみつり》に持ち出されたものじゃないかしら。この草は昔、大変貴重なもので育成も難しいとされていたようだわ』

『え？　でも、ここにはたくさんあるのに……』

『きっと何らかの条件がうまく当てはまって、大量に育ってしまったのでしょうね。今は改良された育てやすいものが出回ってはいるけれど、当時は厳しく管理していたはずよ。もっとも、品種改良する前の原種のほうがいろいろな効用が高いと聞いているわ』

その言葉でシャルロットもなんとなく想像がついた。

もし個人的に使うつもりでこっそり持ち込んだのであれば、大量に育っても処理しきれず使い道がなくなる。かといって売るとなれば、密輸入したことがばれてしまう。罪に問われることを恐れれば、知らないふりをするのが一番よかったのだろう。

『とはいえ、今は秘匿《ひとく》されているものではないわ。使っても誰からも怒られたりはしない。ただ、お茶にしている話はまだ聞いたことがないけれどね』

カミラからそう言われたシャルロットは、レヴィを美味しいお茶にできれば村の特産品として商人に売るのもよいかもしれないと考えた。

「うーん、味は悪くない。でも、これなら感想させたオレンジの皮を一緒に入れたほうが美味しいかな？　一度試してみよう」

そんなことを考えていると、小屋に新たな客が訪れた。

「こんにちは、シャルロット」

「いらっしゃい、カミラさん！」

先程思い出していたカミラがやってきたので、シャルロットは嬉しくなった。

「今、ちょうどレヴィ茶の試飲をしていたんです。これから淹れ直すので、一緒にどうですか？」

「ありがとう。では、お願いするわね」

「はい！」

今度はオレンジの皮と乾燥させたレヴィにまとめて熱湯をかけていく。

それを見ていたカミラは笑った。

「シャルロットは凄いわね。みんな本当はお茶を飲むのに抵抗があったのに、一年でそれを取り去ったのだもの」

「え？」

茶に抵抗があったなど、シャルロットは聞いたことがない。

カミラは笑った。

「実は、ここの村にも紅茶を作ることができる茶葉があるの」

「本当ですか⁉　え、でも、だったらどうして……？」

「頑張ってお茶を作っても、どうしても渋みが勝《まさ》るものになってしまってね。しまいには田舎茶と馬鹿にされたものだから、みんなお茶そのものが嫌になっちゃったんだよ」

シャルロットが今までそれを聞いたことがなかったのは、ずっと前の話であるからだろう。

「でも、一生懸命シャルロットが作っていたら、せっかくだから飲まなきゃって思って、それが存外美味しかったからみんな日常的に飲むようになったんだろうねぇ」

目を細め感慨深そうに言うカミラに、シャルロットは目を丸くした。

（渋い紅茶……？）

話しぶりから、作り方にもかなり気を遣っていたと思われる。

しかしそれでも失敗したのであれば……。

「あの……その茶葉って、王都で流通する紅茶の葉っぱと原材料は同じなんですか？」

「え？　いえ、少し違うわ。同じ種類の木だけど、小さい葉がつくの。葉の見た目は違うけど、自然交配も起こる近縁種だから大まかなくくりでは同じものだと思うわ。王都のものは、大きい葉がつく木から作られているの」

シャルロットはその説明で、理解した。

（たぶんこの村の人が使ったお茶の木は中国種に似たもので、王都のお茶はアッサム種に似たもので作られているのかな）

緑茶、紅茶、ウーロン茶は兄弟のようなものなので、茶葉の製法を変えれば好きなものを作れる。しかし、茶葉にも品種がある。

前世で生きていた世界で茶樹はツバキ科カメリア属の永年性常緑樹に分類され、学名はカメリア・シネンシスといった。茶樹は栽培地の気候や品種改良により百種類以上の品種が存在したが、実際に茶葉として利用されているものは中国種とアッサム種の二種類に大別されていた。

お茶の味を特徴づけている栄養素でいえばアミノ酸、カテキン、カフェインが主なものだが、中国種はアミノ酸が多くてカテキンが少なく、アッサム種はカテキンが豊富でアミノ酸の含有量が少ないのだ。

その結果、中国種の紅茶はやや緑茶に近い味わいになり、アッサム種は強い香りがする。

（王都で飲まれているのがもしアッサム種の系統のものだとしたら、中国種のもので作っても慣れない味だと感じてしまったのかもしれない）

個性や好みの差だと言えば済むものかもしれないが、田舎の村産出の、いつもと違う品物を認めはしなかったのだろう。少なくとも『紅茶』というカテゴリーにおいては。

実際の木を見ていないので断定はできないが、もし想像通りであるなら、いっそまったく違うタイプのお茶として『緑茶』を作ってしまえないかとシャルロットは思った。

（悔しい思いをした人がこの村にいるっていうのも嫌だけど、みんながここにあるお茶の木を嫌いになっちゃってたらそれこそ嫌だし……！）

紅茶は香りを楽しみ、緑茶は味を楽しむものだと言われている。

それなら、ぜひともその木で緑茶を作って皆に振る舞いたい。

「ねえ、カミラさん。私にその木の生えている場所、教えてもらえませんか？　紅茶じゃない、まったく違うお茶をその木の葉で作ってみたいんです」

シャルロットの申し出にカミラは驚いていた。

「シャルロット、あなた、そもそも紅茶を飲んだことがないのに、それと違うお茶ができるって、わかるの？」

「ええっと……紅茶を飲んだことはないけど、紅茶を飲んだことがあるみんなもびっくりするくらいのお茶を作りたいってこと！」

必死で誤魔化《ごまか》したシャルロットにカミラは苦笑していた。子供が、一生懸命に夢を語っているように見えたのかもしれない。彼女は後日、シャルロットをその木のもとへ案内した。

そして新芽が出てしばらく経った頃、村には新たに透き通るような緑色のお茶が出回るようになった。

それはレヴィ茶と共に、すぐに皆に好かれることとなったのだった。

第二話　少女の旅立ち

それから、さらに三年が経過しシャルロットは九歳となった。

シャルロットは以前と変わらず美味しいお茶の飲み方や薬草を探しているし、季節によって様々なお茶を作っているが、今なおシャルロットの中での傑作はレヴィ茶と緑茶の二種類だ。

ほかのお茶も美味しいものの、大量に収穫できるレヴィと、すでに立派に生育している茶の木ほど安定して収穫できるものはなかなか見つからない。

そのうちの一つ、レヴィ茶のおかげで、養護院には昔より少し余裕が生まれていた。それは行商人にレヴィ茶の販売を委託《いたく》してみたところ、村の外でもなかなかの人気が出たためだ。

もっとも、レヴィ茶も当初と少しずつ製法を変え、さらに味をよくすることを目指している。その甲斐《かい》あってか、先日は購入者から行商人を通じて『とても美味しいお茶ですね』と手紙をもらったので、シャルロットにはますます気合が入る。

しかしもう片方の緑茶については、行商人には売っていなかった。

それは村長からシャルロットへの願いがあったためだ。

村長曰《いわ》く過去の紅茶の事件で受けたショックから、村の大人たちは茶の木で作ったお茶を村の外部に出すことに抵抗があるらしい。知らないところで、シャルロットが作ったお茶がどう扱われるのかわからないことが心配だと言っているそうだ。

Welcome to the healing Mofu Cafe!

『ただし、このお茶の考案者はシャルロットじゃ。シャルロットが飲ませたいと思う者に飲ませることは、むしろ喜ばしい。だが、茶葉だけが独り歩きするのは心配なのじゃ。わしらの茶は投げ捨てられたからのう』

そう言われてしまえば、シャルロットも商人に勧めることはできなかった。

けれど村人が楽しそうに茶葉を買ってくれる姿を見ると、王都でもきっと受け入れてもらえるのではないかという期待を持ってしまう。そうなれば、養護院の生活にもさらにゆとりができるはずだ。

（幼年学校を卒業したら、貯めているお小遣いを使って直接街に売りに行ってみようかな？　それで反応を見てみたり、できないかな？）

もうすぐシャルロットは幼年学校を卒業する。

村の子供たちは幼年学校を卒業したのち、主に農業に従事する。シャルロットもこのまま卒業すれば、畑仕事をしつつお茶作りに取り組むことになるのが自然な流れだ。

ただ、それでいいのだろうかという迷いはある。

「お茶のおかげで養護院のご飯もちょっと豪華になったけど、まだまだ建物はボロボロだし……修繕するためにも、もう少し収入がいいお仕事に就《つ》きたいんだけどなぁ……」

手っ取り早いのは王都に行って職を得ることだと、シャルロットは村人から聞いたことがある。

しかし王都に行くには金がかかる。

そのうえ田舎の幼年学校出の者が就ける仕事で、高給なものはなかなかないとも言われている。

結局手っ取り早くなんてないではないかと思うものの、現実がそう甘くないことはシャルロットも理解できる。お金を稼ぐのは大変なのだ。

しかしそれならどうすればいいかと迷っていたある日、シャルロットのもとに『魔力保有者』か否《いな》かを調べる検査を行うという知らせが届いた。

幼年学校の教師から通知を渡されたとき、シャルロットは首を傾げた。

「……魔力保有者の検査、ですか？」

「ええ。まずは通知を読んでみて。質問があれば聞いてね」

シャルロットは言われた通り通知を読んだ。

内容を要約すると、もし検査で魔力を保有していることが認められれば、十歳になる来年から見習い魔術師として王都の中央魔術学院に奨学生待遇で通うことになると書かれていた。

それを読んでもなお、シャルロットの頭には大量の疑問符が浮いていた。

そんなものがこの世界にあるなど、シャルロットは考えたこともなかったのだ。

（魔術って何、魔力って何！　そんなの今までまったく聞いたことがなかったんだけど!!）

聞きたいことが多すぎるが、シャルロットと同じように通知を受け取ったほかの子供たちは特に驚く様子を見せていなかった。

「この時期まで検査しないなんて、遅いよねぇ」

「平民には滅多《めった》に魔力持ちの子なんていないからね。こんな田舎じゃ後回しになってもしょうがないよ」

そんな反応を耳にしてシャルロットは焦った。

（みんなは普通だと思ってる……ということは、本当に魔術があるっていうことだよね!?）

シャルロットも、転生してから本当に一度も聞いたことがないのかと言われれば、絵本で見た程度の経験はある。ただしそれは前世の、サンタクロースを信じるかどうかという話と同じようなもので、現実の話ではないと思っていた。

「でも、私たちもきっとないよ。村の人だって、一人もいないもん。シャルロットもそう思うよね？」

「そ、そうだよね」

急に名前を呼ばれたことに驚きながらも、シャルロットは急いで話を合わせた。

（そうか、この世界に魔術があるって言っても、私が使えるとは限らないんだもんね）

むしろ周囲の様子を見る限り、使えないほうが当然といった雰囲気すらある。

一瞬自分も魔術が使えるのかと舞い上がりかけたが、今までだってそんな兆候はなかった。

だから他の子供たちが言うように、恐らくシャルロットが使うことは難しいのだろう。

（使えるなら、使ってみたかったなぁ）

そうは思いつつも、もしかすると自分も使えるかもしれないと少しだけシャルロットは期待を抱いた。魔術が使えるようになったら、いったいどんなことができるようになるのだろうか？

そんなことを時折考えていると、あっという間に検査の日はやってきた。

検査当日、王都からやってきたという検査官はシャルロットたちに検査の概要を説明した。

「検査はすぐ終わるから安心してほしい。この水晶に手をかざし、光れば魔術が使えるということだ」

検査官が自らの手を水晶に置くと、水晶は淡く光を放った。

注目していた子供たちから歓声が上がる。魔術が使える人というのが、単純に珍しいからだろう。

「あの！　検査で魔力があった子って、今年もいたんですか⁉」

先日自分たちは関係ないと言っていた子供が、興奮を抑えきれない様子で検査官に尋ねていた。

検査官はその元気の良さに笑っている。

「ああ。魔力は家系に依存するところがあるため、ほぼ貴族の子弟が該当《がいとう》しているが、確かにいる」

（……ということは、やっぱり私たちじゃ可能性は少ないのかな）

しかしそんな回答にもかかわらず、子供たちは嬉々《きき》として水晶に手をかざしていた。……直後に落胆の表情を浮かべていたが。そんな様子を見ていた検査官も、申し訳なさそうだった。

（……うん、みんなだめなら仕方ないかな）

そう思いながらシャルロットが水晶に手をかざした瞬間、水晶の周囲に光が飛び散った。

検査官は目を見開き、子供たちは「わあああ」「すごい！」と歓声を上げた。

シャルロット自身も目を瞬《またた》かせ、状況に混乱している。

「シャルロット・アリス。あなたには魔力があるようだ」

「あ、あの！　本当ですか？　間違いじゃないですよね⁉　私、魔術師になれるんですか⁉」

驚いたものの、期待はいよいよ膨らんでいく。子供たちからはシャルロットコールが沸き起こる。

しかし、どうにも検査官の表情は明るくない。

それはシャルロットに嫌な予感を抱かせるには十分なものであった。

「あなたには魔力が確かにある。しかし、残念ながら魔術師の素質ではなく、召喚師の素質を持っているようだ」

「えっと……残念ながら？　あの、どういうことでしょうか？」

シャルロットの後ろではまだ子供たちが歓喜に沸いているが、シャルロットはそれがどこか遠くに聞こえ始めた。検査官はシャルロットに向かって、非常に真剣な表情を向けた。

「召喚師は自ら魔術を行使できないものの、霊界に住む幻獣を一時的に呼び出し、使役することができる者を指す」

（え、それってカッコいいよね？　どうして残念なの？）

前世でプレイしたゲームでも召喚師はだいたい格好いい立場にあったと思う。残念に思われるいわれがわからない。

「ただし、召喚には召喚師の魔力と共に別の対価を用意する必要があるんだ」

「対価とは……具体的にはどのようなものでしょうか」

「一概には言えないが、主に金銀宝石だと言われている。一度目の召喚で相手との契約が成立すれば、以降同等の対価を用意することで再度召喚に応じてもらえる、と聞いている」

その言葉を聞いたとき、シャルロットは理解した。

（要するに、とんでもない金食い虫だからほとんど役に立たないんだ）

自分の魔力だけでは何もできない召喚師が残念に思われるのも仕方がないのかもしれない。そして養護院で育っているシャルロットには、能力を活用できるだけの財力がない。

「まあ、それでも一応魔力は認められたので、あなたには学院で学ぶ義務が生じた。なに、魔力の勉強以外にも上級学校相当の一般教養を学べるうえ、衣食住を含む寮費は支給されるから安心したらいい。召喚に必要とされている貴金属類の配布はないが、無意味な生活にはならないだろう」

むしろ召喚師の能力が使えないと思われる中で奨学生になれるのは感謝しかないのだが、それで本当にいいのだろうか？

いよいよ周囲もシャルロットたちの微妙な空気に気づいたのか、徐々に静かになってきた。

（さっき、貴族がほとんどって言っていたのに……魔術の能力がないうえ、ただの村人が行っても大丈夫なところなのかな）

そう思えば、シャルロットの表情もひきつってしまう。

しかしそんな表情を見たからだろう、検査官はさらにシャルロットを励ました。

「そうだ、王都に来たらアルバイトもすればいい。衣食住は学院に保証されているから、すべてお小遣いになるぞ。それに学歴も上級学校卒相当だ。きっといい就職もある」

うんうんと一人で頷《うなず》く検査官に、シャルロットも思わず瞳を輝かせた。

（王都でお給料のいいお仕事……!!）

それが叶えば養護院の修復もできるかもしれない。

そう思えば、ハズレと指摘されようがシャルロットにとっては悪くないと思えてくる。

「不安もあるとは思うが、結果が出た以上避けては通れな……」

「大丈夫です、行きます！」

シャルロットは検査官の言葉を遮《さえぎ》って力強い返事をした。

魔術が使えないことは残念だが、よく考えればシャルロットが王都に行くにあたってのデメリットなど何もないのだ。それに、異界の住人に会えるチャンスもゼロではない。とても貴重な体験ができるかもしれないのだ。

「そ、そうか。まあ、貴金属が用意できる者でも、召喚に成功するものなんてほぼいない。在学中、召喚に成功しなかったとしても気にしなくていいからな」

「え？」

「成功しても契約まで辿《たど》り着ける者はもっとわずかだ」

「え？　あの……？」

「だから気負わなくてもいいからな。どうせ、無理でもともとなんだ」

それは検査官からの励ましであったのかもしれない。

それでも、もしかしたら召喚も成功させられるかもしれないと思ったシャルロットの僅《わず》かな希望は、軽く消し去られてしまった。

それでも、進学できるうえに王都にも行けるのだ。きっと、よりよい仕事だって見つかるかもしれない。そう思えば、気の毒に思われていても苦笑いで笑い飛ばせるくらいにはシャルロットの気持ちは回復していた。

そのわずか一か月後、皆に見送られて村を出たシャルロットは国立中央魔術学院に進学した。

シャルロットが受ける授業は一般教養と召喚術に関する基礎教育だ。一般教養は見習い魔術師たちと一緒に受けるが、召喚術の授業は見習い召喚師のみが受講する。

見習い召喚師は、シャルロットを含めわずか四人。シャルロット以外の見習い召喚師は皆貴族のご令嬢であり、裕福であることが一見して明らかだった。シャルロットの目から見ると、彼女らは召喚師候補であることをハズレだとは思っていないようだった。それは金銭的な余裕からかもしれない。

(やっぱり、お嬢様ってお金持ちなんだな)

しかし羨ましがっていても仕方がない。せっかくの王都での生活なのだ。

シャルロットは一般教養はもちろんのこと、無理だと言われた召喚術を行うための魔力増幅の鍛《たん》錬《れん》もすべて出席し、かつ予習復習も怠《おこた》らなかった。自分で魔術という形では使えないとはいえ、魔力を増幅することはできるらしい。目に見えないので最初はよくわからなかったが、継続しているうちになんとなくうまくできるようになってきた気がしていた。

加えて、授業が終わった後はアルバイトにも勤《いそ》しんだ。

初めは養護院にさっそく仕送りをしようと思っていたが、稼いだお金は今はひとまず手元に置いている。

それは、一度召喚にも挑戦してみたいという思いからだ。

(仕送りは就職したあとでもできるし。せっかくいろいろ勉強しているんだから、一回くらい挑戦してみたいよね)

卒業までに召喚に成功しなくても罰則はない。過去の成功者がほとんどいないので、罰則など作れないというのが現実だ。

最初から無理だと言われていたものの、シャルロット自身はできるなら一度は召喚に挑戦してみたいと思っていた。対価が用意できないのであれば挑戦すること自体も不可能だと思ってはいたが、案外アルバイトも好調であるし、生活必需品は想像以上に学院から支給されている。ならば生活に余裕がある今がチャンスだ。

知らない世界の話を聞いてみたいという気持ちと、奨学生として優遇されている者の義務だと感じる思いが、今のシャルロットの中では強く主張し合っている。

ちなみにアルバイト先には王都の飲食店を選んだ。最初は学院の生徒がアルバイトをするのかと驚かれたが、田舎出身の庶民だと知ると皆親切に王都のことを教えてくれた。特にお茶を売っているお店や、安く布を売っている店を聞けたのはシャルロットにとってありがたかった。やはり王都に来ても、いろいろなお茶は気分転換に飲みたいし、王都ならではの豊富な品揃えの布も小物を作ったり村の皆へのお土産に送ることを考えると必要だ。

元々は、アルバイト先の候補に喫茶店を考えていた。喫茶店で働き、緑茶も王都で通じるのか調べてみたいと思っていたからだ。

しかし驚くことに、王都には喫茶店という形態が存在していなかった。

王都の飲食店はそのほとんどが昼から夜まで通しで営業をしており、人々も休憩がてらに昼から酒を飲んでいることも珍しくない。そのため飲食店の飲み物のメニューはほとんどが酒類で、あとは水、果実水がいくらかといった具合だ。

不思議に思ったシャルロットがアルバイト先で聞いたところ、王都の人々にとってお茶というのは家で飲むものと認識されているらしく、お酒こそ外で飲むものだという風潮らしい。

（でも、お茶があったら注文する人もいると思うんだけどなぁ）

日本でも過去、自動販売機で水やお茶の販売が開始されたとき、『水道をひねれば出る水を誰が買うのか』『茶など家で用意できるのだから、わざわざ買うものでもないだろう』という意見が出たらしい。しかし、実際に発売されると人々からは支持される結果となった。

その話を聞いていたため、シャルロットは『今はない考えだから』というだけで諦めるのはもったいないと思っている。

いずれにしても、喫茶店が存在しないのは仕方がないので、今は茶葉店に通い店主からどのような茶葉が流行しているのかなど、情報を仕入れている最中だ。

（授業も思ったより面白いし、アルバイトも楽しい。まだ学院の友達がいないのがちょっと悲しいけど、見習い召喚師の子たちとは仲良くするのは難しそうだしなぁ）

同じ見習い召喚師の令嬢たちとは、残念ながら価値観があまりに合わなかった。というよりも、シャルロットが庶民であること、さらには養護院出身であることで見下されている様子であった。

シャルロットとしても貶《けな》してくる相手にへりくだるつもりはないので、結果的に一人での行動が多くなる。魔術師見習いには庶民も少しいると聞いていたので、これぱかりは少し魔術師見習いたちが羨ましくなってしまった。

そうして新たな日常に少しずつ慣れながら学院生活を送るうちに一年が経過した。

アルバイトは順調で、お金も着々と貯まってきた。

（一度宝飾店を覗《のぞ》いてみようかな？）

召喚をするための貴金属を買うという目標を持ってはいても、相場がわからない。今はまだ購入できるだけの代金を持っていないかもしれないが、目標の金額は知っておきたい。

そんなことを考えていると、ちょうど同じ教場で召喚師見習いの令嬢たちが貴金属の見せ合いを始めた。

（やっぱり皆、そろそろ挑戦してみようって思う時期なんだな）

そうのんびりと思っていたのもつかの間、シャルロットはその品々を見て愕然《がくぜん》とした。

彼女らが見せ合っているのはシャルロットが一生分の給料をつぎ込んだとしても、到底買えないような大きな宝石だった。

「私はこれを試しに使おうと思っていますの」

「あら、それは大きすぎませんか？」

「もう少し小さくても成功した例は聞いていますけれど、大きければ安心ですし。お祖父様《じいさま》から召喚のためにといただいたの。それに、あなたのものだってとても立派な宝石ではありませんか」

そんな会話を聞いたシャルロットはむせ込みそうになった。

（対価は使い切りって教わっているのに、本当にあれを使うの⁉　うまくいっても今後毎回いるようになるのに⁉）

そんな言葉を呑み込んだシャルロットを、最初に宝石を見せていた令嬢がちらりと見た。

「でも、庶民の方は可哀想《かわいそう》ですね。きっと鼻で笑われるような、私たちと違って人として恥ずかしい代物《しろもの》しか用意できないでしょうし。果たしてここにいらっしゃる意味はあるのかしら？」

得意げな彼女の様子に、そばの令嬢二人もくすくすと笑っている。

シャルロットはその挑発に少し苛立《いらだ》ちを覚えた。馬鹿にされているのはいつものことだ。彼女たちは根本的に庶民を馬鹿にしているのだから、これもいつものことだと流せばいい。

そう思うが、『人として恥ずかしい』という言葉には我慢ならない。

苦労せず譲渡《じょうと》された宝石を使って召喚を成功させれば、恥ずかしくないと言いたいのだろうか？

ここにいる意味があるのかどうかなど、シャルロットはそのまま尋ね返したい。令嬢たちの一般教養のテスト結果は下から数えたほうが早いし、召喚術の授業も頻繁に欠席している。

（宝石だけあればいいなら、ここにいる必要がないのはあなたたちのほうじゃない！）

もちろん金銭がなければできないことがあるのは身をもって知っている。けれどそれが人を見下していい理由にはならないし、お金ですべてが解決するわけでもない。

（だいたい、召喚相手だって本当に宝石が欲しいって思っているかどうかなんてわからないじゃない。私なら、生活のためになるもののほうがよっぽどありがたいし）

そう思い始めると疑問はどんどん膨らんでくる。人が召喚をする理由は、人では使えない力を借りるためだ。その相手が、果たして人間が用意する貴金属を本当に欲しがるのだろうか？　宝石だって、言ってしまえばただの石だ。

（あれ……？　もしかして、本当に貴金属にこだわる必要はないんじゃない？）

考えて黙り込んだシャルロットに気をよくしてか、令嬢たちのおしゃべりは止まらない。

「宝石も大きければ大きいほど、相手は言うことを聞かざるを得ませんからね」

「ええ。きっと、もっとたくさん欲しいと言うでしょうから」

違和感しかない会話を続ける令嬢たちに、協力したいと思う者がいるだろうかと、改めてシャルロットは思った。少なくともシャルロットなら絶対に協力はしない。人であるシャルロットでさえそう思うのだから、より強大な力を持つ者がそれに従うとは思えなかった。

（私が呼びかけられるなら、どんなものを用意されたい……？）

そう考えてまず思いついたのは、話し合う場を用意してほしいということだ。一方的に『これをあげるから言うことを聞いて』は、違うと感じる。対価に何を求めるか、その要求が通るなら、内容は自分で考えたい。

それから、村で検査官に言われ、授業でも何度も聞いた召喚の対価について思い返す。

『一概には言えないが、主に金銀宝石だと言われている』

ただし授業でも過去のデータをすべて見せてもらえたわけではない。そもそも大半は被召喚者との契約のため公開できないと、学院に伝えることも拒否されているという。そして学院に寄せられたデータでは、一度召喚に成功しても、継続した関係を保っているケースはほぼ見られなかった。

（確かに、情報が公開されている記録は貴金属を対価にしている。けれど、それらはそもそも契約

に至れなかったケースや財を使い果たしたケースしかないのよね）

長く関係を続けている者たちはその対価を秘匿しているものの、それと同様のものを用意できるだろうという家格の者たちだ。だから、貴金属を使ったんだろうと周囲が思っても不思議ではない。だが、その者たちが貴金属を使ったという記録や証拠もないのだ。

「一度、試してみる……？」

そう呟いたシャルロットは、その日の放課後、アルバイトを終えた後に精一杯の真心を込めておもてなしのお菓子を作ることにした。そのために、普段なら買わないようなちょっと特別な材料を集めてスコーンやジャム、さらに茶葉とナッツをたくさん混ぜ込んだクッキーを作った。

それから最後にレヴィ茶と緑茶のどちらにするか迷ったものの、まずは緑茶を用意することにした。レヴィ茶はすでに行商人を通じて王都でも売っているものだが、緑茶はレヴィ村の住人とシャルロットしか飲んでいない、特別なお茶だ。

（せっかくのおもてなしだもん。特別なほうがいいよね）

深夜、月明かりの下でシャルロットは寮の裏庭に召喚陣を描いたあと、その上にテーブルを用意してお茶とお菓子を綺麗に並べ召喚を行った。

「我が名はシャルロット・アリス。我が声に応《こた》え……私とお茶会をしてみませんか？」

定型句とされている詠唱の言葉は途中で破棄《はき》した。

一応それらしく繋《つな》げようとしてみたが、慣れない言葉だと急に取り繕《つくろ》うことはできなかった。

直後、しんとしていた裏庭に強い光が走った。

「……なにやら、面白そうな人間がいるようね？」

とても透き通った声だった。

その声の主は声と同様に透き通った金髪と、深く青い瞳を持ち、背に透明な二対の羽がある、手のひらに乗りそうなほど小さな女性だった。

「はじめまして、人間の娘。私はエレノアよ」

「え、あの。はじめまして……。私はシャルロット。シャルロット・アリスです」

そう自己紹介をしながら、シャルロットは混乱した。確かに自分ならどのような呼びかけだったら話をしてみたいかと考え、実行した。

しかし、実際に人ならざるものを呼び出したとなると驚きしかなかった。

しかも、現れた者が可愛すぎる。

「あら、随分感動が薄くない？　このエレノアを前にしているのに」

「あ、や、その……お越しいただきまして、ありがとうございます」

「あなた、もしかして現状がわかっていないのかしら？」

不思議そうにエレノアに聞かれて、シャルロットは素直に何度も頷いた。

するとエレノアは満足気に笑った。

「素直で結構。私は光の精霊女王よ。ずいぶん楽しそうな子がいるって知ったから、来てしまったわ。お茶をいただける？」

「ひか……せい……じょお……!?」

シャルロットからはカタコトのような言葉しか出なかった。

授業では過去に召喚に応じた被召喚対象者は動物に近い姿をもっている幻獣だと聞いていた。

だから精霊が呼べるなど――いや、むしろ精霊が存在するという話すら聞いたことはなかった。

そのうえ『女王』というのは、一体どういうことなのか。

「私が来たら驚くのも無理はないわね。でも、お茶会の相手は私でも問題ないでしょう？」

そうしてエレノアはティーカップを指さした。

しかし、それを見てシャルロットは戸惑《とまど》った。

「あ、はい。でも……」

「どうしたの？　なにか問題が？」

「あの……ティーカップのサイズ、合わないんですが大丈夫ですか……？」

どう見てもエレノアは小さすぎる。

仮に大型の動物が来てくれた場合に合わせて、木製のボウルは持ってきていた。

が、小さすぎることは考えていなかった。カップとエレノアの背丈は似たようなものだ。

そう思っていると、エレノアも『なるほど』と頷いた。

「確かにこの姿だと、カップを持ち上げられないわね」

そしてその言葉を述べると同時にエレノアは光に包まれた。

次の瞬間、彼女はシャルロットよりやや背が高い女性へと姿を変えていた。

「この姿だとお菓子が小さく感じてしまうけれど……お茶が飲めないほうが問題だわ」

「あの、自由に大きくなれるんですか？」

「もちろん。この程度、女王にとっては簡単なことよ」

自信満々なエレノアを見ているうちに、シャルロットの気持ちは徐々に落ち着いてきた。どうやら、本当に召喚に成功してしまったらしい。

「美味しいお茶ね。これはどういうものなの？　このあたりの人間が飲んでいるお茶は褐色なのに、かなり違う色ね？」

「あの、私が作ったお茶なんです。将来、村の特産品にもできたらと思うんですけど、まだ売ってはいないんです。村の人たちは好んでくれているんですけどね」

「へえ。貴重なお茶をありがとう。美味しいわ」

シャルロットが話している途中で優雅に女王は緑茶を飲み、シャルロットに礼を告げた。

「お菓子ももらっても？」

「ええ、もちろん。そのために作ったんですから」

「気に入ったわ」

「え？　ありがとうございます……？　でも、まだ召し上がっていませんよね……？」

気に入ってもらえるのは嬉しいことだが、食べてもいないのにいったい何を気に入ったのか。

理解が追い付かずシャルロットが反応に困っていると、先程とは違いエレノアは行儀悪くクッキーを口に放り込んだ。

「うん、美味しい。ますます気に入ったわ。だからその言葉をやめなさい、シャルロット」

「え？」

「私はあなたと友人になることを望むわ。敬語は他人行儀でしょう？」

エレノアはそう言うと、再び緑茶を口にした。

そして疑問を浮かべるシャルロットをやや楽しそうに見た。

「だから、私はあなたと対等な友人になることを望んでいるの。シャルロット・アリス。必要があれば、あなたの呼びかけに応じるし、力も貸すわ。ただし私はあなたがお茶を振る舞ってくれることを期待するし、あなたが私を気に入らないというなら無理強《じ》いはしないわ」

「え、その……それって……？」

「あなたは召喚師でしょう？　その意味がわかるんじゃないの？」

つまり、いわゆる『契約成立』ということであるらしい。

あまりの進行の早さにシャルロットが茫然とする中、エレノアは楽しそうに二枚目のクッキーに手を伸ばした。

「あなたみたいな人間は久しぶり。最近だとやたら人間の好きな宝石や金貨を渡してこようとすると皆が面白おかしく話していたけれど、あんなもの、霊界で何の役に立つと言うのかしら」

「え……っと……それでも召喚に応じてくれていた方がいるのは、どうしてですか？」

「『どうしてですか？』じゃなくて、『どうしてなの？』ね。友人にそんな硬い喋《しゃべ》り方はされたくないわ。――まあ、身もふたもない言い方をすれば、暇つぶしよ」

「暇つぶし？」

「そう。相手の都合を無視して支配下に置こうとする奴なんて、逆に痛い目を見ればいいんだって思う者もこっちにはいるのよ。本当は別に要《い》らないのに、それを要求する者が一時集中したせいで、いつの間にか人間が勝手に貴金属を用意しなければ召喚は成功しないと誤認し始めたのよね」

そして現状に至る――そう締めくくるエレノアを見ながら、シャルロットは納得するやら、顔を引きつらせるやらでずいぶんと忙しかった。

「もちろん、人間も嫌な奴らばかりじゃないってことを知っているから、呼びかけを聞いて興味が湧けば遊びに来る者もいるわ。でも、真面目なだけじゃ飽きてしまうでしょう?」

「まあ……そう、なの……かな?」

「力を使うこと……いわゆる労働力の対価は魔力でもらうわ。でも、それだけだとつまらないのよ。友人の手伝いなら楽しいけれど、興味がない子に力を貸しに行くなんて面倒でしょう?」

シャルロットはエレノアの説明を聞きながら頭の中で状況を整理していたが、やがて諦めた。

要はシャルロットはエレノアと友人となり、力を借りる代わりに魔力とお茶を用意する。そういうことだ。どうもとんでもないことになった気もするが、エレノアの態度を見ているとほかのことは些細《ささい》な問題なのだろう。

(召喚に失敗する人が多い理由も、なんとなくわかったし。記録が嘘ばっかりだから間違うのね)

残念ながら、学院生活で受けた印象を思い返す限り、今の世の貴族の子弟には思慮に欠ける者も多い。それはなにも、召喚師見習いに限らない。

(召喚に成功した人たちが本当のことを言わないのもわかったかも。建前だけじゃなくて、本当に友達になろうっていう人にしか知ってほしくないことだよね)

シャルロットも今後召喚の成功者に含まれることになるだろうが、本当のことを話すつもりにはどうもなれない。

ただ、一つ気になることもある。

「でも面白そうな相手かどうかを判断するために、人間と会っているの? 面倒じゃない?」

面白くなかったら腹が立ったりしないのだろうか? そんな疑問をぶつけてみると、エレノアはますます面白そうに笑った。

「問題ないわ。だって、私たちって長寿なんだもの。暇つぶしも徹底的にやらないと、やることもなくなっちゃうのよ。私もさすがに落ち着く年齢になってきているから、さすがに宝石をぶんどってその後を茶化しながら財産がどこまでもつか出会いに行って観察する——なんてことはしなくなったけれど」

自身の契約者が過去の破産事例を引き起こした経験がある者だったのかと思うと、シャルロットの頬は引きつってしまった。

この精霊女王は、かなり個性が強いらしい。

「とりあえず……これからよろしくね、シャルロット」

「こちらこそ」

「ところで、お菓子の追加はある？」

「部屋に戻ればあるけれど、ここにはこれだけだよ」

「了解。一緒に行くわ。でもこのまま移動するのは目立つから小さくなろうかしら」

そう言ったエレノアは手のひらサイズに戻るとシャルロットの肩に座った。

「あ、そうそう。私はこちらにいる間、何もしなくてもあなたから魔力を吸い取っているわ。食事を通して魔力を補充することも可能だけど、足らない分はあなたの魔力を常時もらうことになるの」

「えっと……それって多いの？」

「私の力が強いから、それなりには。でもあなたの魔力量は莫大だから、大した問題もないと思うわ」

「え、私、そんなに持っているの……？」

シャルロットは他人の魔力量なんて把握できないし、自分の魔力を確認することもできないのでどれほどのものかよくわかってはいなかった。だからエレノアの発言にはとても驚いたものの、多くて困ることはないはずなので、あまり深く気にしないことにした。

（魔力増幅の訓練の成果も出てるってことかな？　でも、多いおかげで契約にも支障がないなら嬉しいや）

その後、部屋にやってきたエレノアがシャルロットの菓子をさらに食べ、小さなサイズのままクッキーを両手で持ったうえで『もう、なんでも困ったことはお姉さんに言いなさい！　女王の名に懸けてあなたの困りごとの解決を手伝うわ！』と宣言した。まるで酔っ払いの姿であるが、もちろん緑茶はノンアルコールである。

（精霊女王は場酔いができるのか）

精霊の飲み会があるのかどうかは知らないが、あったとすればかなり賑やかなんだろうなとシャルロットは想像してしまった。そしてその宣言自体はありがたいが、その思いに応えられるような、もっと驚かせるようなお菓子やお茶を用意していかないとなと気合を入れ直した。

（でもこれで私も一人前の召喚師、か）

あまり実感は湧かなかったが、面白い友人ができたことは間違いない。

それ以上はひとまずあまり深く考えないようにしようとシャルロットは思った。

そして翌日。

小さな姿のエレノアを肩に乗せたまま――というより、得意げなエレノアがシャルロットの肩からおりなかったので、そのまま共に登校した。それはエレノアの「人間の生活を見てみたい」という要望からだった。

シャルロットもエレノアのサイズならさほど目立たないからいいだろうと軽い気持ちで了承《りょうしょう》したのだが、想定外なことに人々の視線はシャルロットへ突き刺さる。

昨日まではまったく興味を示されなかったことを思えば、エレノアが原因なのは明らかだ。

「ねえ、あの子が連れているのは、もしかして召喚獣？　連れているってことは、契約したの⁉」

「でも待って、召喚が成功するなんて……しかも、あの子って庶民の子じゃない？」

「対価を用意することは難しかっただろうに……もしかしてとんでもない才能の持ち主なんじゃ……」

そんな声がシャルロットの耳に届くが、噂の中心になるというのは決して嬉しいことではない。そもそも契約の成立は才能どうこうではなく、お茶会を用意したからである。見下されるのは腹立たしいが、過大評価もそれはそれで困ってしまう。

遠巻きで見られるのは嫌だなと思っていると、そっと近づいてくる人物が現れた。

「あの、お聞きしたいんですけど……その、召喚されたのは、どのような種族なのですか？　人形《ひとがた》、ですよね……？」

「ええっと……彼女は精霊なの」

やっぱり近づかれても対応に困るな、などと思っているとエレノアが気さくに挨拶《あいさつ》をした。

「初めまして。私はエレノア。シャルロットの友人よ」

「えええ⁉　精霊様なのですか⁉　本当に精霊様と契約なさったのですか⁉　いえ、それよりも本当に存在されているなんて！　おとぎ話の中だけのお話かと思っておりましたが……ぜひ詳しいお話を伺《うかが》えませんか⁉」

「あああ、ごめんね、授業が始まるから私は行くね！」

もの凄い勢いで詰め寄られたので、驚いたシャルロットはそのまま教場まで走ってしまった。

貴族ばかりのこの学院内で走ることはかなり目立つことであるが、今ばかりはそのようなことは気にしていられなかった。

しかしそのやり取りが原因で、シャルロットが精霊を呼び出したということはあっという間に噂になった。

そして昼休みには教場の外にエレノアを一目見ようと魔術師見習いたちが集まっていた。ところどころから『召喚に成功した精霊姫』などという言葉が聞こえてくるので、シャルロットとしてはいたたまれない。

(精霊を呼び出したから精霊姫って……私が姫って柄じゃないのはわかるでしょうに！)

エレノアはそんな外野の状況を楽しんでいるが、シャルロットにとっては本気で勘弁《かんべん》してほしいことである。

ただ、好意的にみられているのであれば目くじらを立てることでもないのだろうが……当然、その成功を喜ばない者だってこの学院には存在する。

そして、そんなトラブルの種は唐突に発生するのだ。

「シャルロット・アリス。話がある」

それは、どう見ても友好的な表情ではない教師からの呼び出しだった。

第三話　その登場、颯爽と

Welcome to the healing Mofu Cafe!

呼び出された小部屋で、教師はシャルロットに対して威嚇《いかく》するような声で話し始めた。

「エレナ・トルディスがシャルロット・アリスに宝石を盗まれたと申し立てている」

「はい？　なんの話ですか？」

エレナといえば、昨日宝石自慢をしていた令嬢だ。まったく身に覚えのない話にシャルロットは眉を寄せるが、教師はそれすら不快としているようであった。

だが、不快なのはシャルロットも同じだ。

「意味がわかりません」

「事実はどうであれ、きみはそう言うだろうね。しかし折しも、きみは召喚術を成功させたようだが……それは、偶然かね？」

「単刀直入に申し上げますと、先生は私が彼女の宝石を盗んで召喚を成功させたと仰《おっしゃ》っているのですね？」

回りくどいのが好みではないシャルロットが端的に言うと、教師は満足そうな表情を浮かべた。

（自白を期待している……もしくは、召喚の成功理由を知りたがっているってところかしら）

ただ、自白を期待するということはこの教師は証拠を持っていないのだろう。もともと事実がないのだからそれは当然なのだが。

（この先生、平民嫌いだからなぁ。私に罪を擦《なす》り付けるチャンスだと思ったのかな）

相手がぼろを出すまで反論してみようかとシャルロットは考えたが、それはすぐに不可能だと悟った。決して相手が手強そうだと感じたのではない。肩に乗っているエレノアの怒気が、かなり酷い状況になったのだ。教室で楽しんでいたときとはまるで違っていて、禍々《まがまが》しい。

「エレナ・トルディスという醜き輩《やから》に伝えなさい、人間」

シャルロットが落ち着くよう願うより早く、エレノアは怒りを露《あらわ》にした。

教師は怯《ひる》んだが、エレノアが声を和《やわ》らげることはなかった。それどころかシャルロットの肩から離れて、人間と同じ背丈になってみせ、相手を威圧した。

「どのような対価を用意しようとも、精霊は今後一切トルディス一族に力を貸さない。精霊一族と交友を持つ種族にはこの一件を女王の名のもとに周知する。性根の腐った人間に我らは容赦《ようしゃ》しない」

はっきりと言い切ったエレノアは、それまで相手に向けていた顔を身体ごと反転させ、シャルロットのほうを向いた。

その顔には『ざまぁみやがれ』と書かれているようだった。

（どうしてかな、正当な主張をしているはずなのに、エレノアのほうが極悪人に見える……）

そんなエレノアの背中越しに、教師は完全に固まってしまっていた。

「女王……？　あなたは……いえ、あなた様は光の精霊の、女王陛下なのですか」

召喚の成功は見たらわかるが、彼女が何者なのかは一見しただけではわからない。

今朝《けさ》の噂になったきっかけのときも、シャルロットもエレノアも精霊女王の話はしていなかった。

だから教師が驚くのは無理もないのだが——しかし、女王か否かで友人に対する態度を変えられたのかと思うと、シャルロットとしても不快である。

教師からは恨むような眼差しを向けられたが、シャルロットに落ち度はない。睨《にら》み返すと、やがて教師は息を呑んでから、ゆっくりと口を開いた。

「……しかし精霊女王といえどもアリスが召喚した精霊なら、主人を庇《かば》いもするでしょう」

主人じゃないです。友人です。

……などとシャルロットが口を挟む間もなく、エレノアは教師を挑発した。

「ならばお前はシャルロットが盗んだという証拠を示すことができるのか？」

「……っ、そ、それは」

「お前は人間を代表し、我ら精霊を侮辱《ぶじょく》するか。それは、我が一族に対する宣戦布告と捉《とら》えて構わぬのだな」

エレノアの怒気は、シャルロットですら悪寒《おかん》がした。

それは、昨日言っていたような『暇つぶし』だとは感じられない。エレノアの本気を感じた。

教師は苦々しい顔をしていた。しかし否定も肯定もせず、往生際の悪さを見せつけている。

(ごめんなさいって言ってくれたら、この場は丸く収められるかもしれないのに)

そのうえで一度確認するとした後、間違いだったと訂正すればシャルロットだって水に流すくらいのことはする。言いたいことはあるし腹は立つが、ただでさえ注目されていたのに、仮に教師を処分に追い込んだなんてことになれば、シャルロットのもとには興味本位で経緯を尋ねにやってくる生徒がさらに増えるかもしれない。その対応を考えると非常に面倒なのだ。

それでも、好意的に捉えるような質問ならばまだいいが……一部の貴族たちに目の敵《かたき》にされるのは目に見えている。以降こんな言いがかりをつけないのであれば、今後の平穏な学生生活を守るためにも大事《おおごと》にはしたくない。

しかし相手は動かない。

ここはどうするべきかとシャルロットが思っていると、部屋に静かなノックの音が響いた。

「失礼します。フェリクス・ヒューゴ・ランドルフです」

「……ランドルフ？」

聞こえてきた青年の声に教師は一瞬疑問を浮かべたものの、すぐに広い歩幅で扉へ向かった。

そして、ドアを開く。

「何事ですか、ランドルフ学生」

その言葉遣いはシャルロットに対するものとは違い、敬意が込められている。

（ランドルフ……っていうのは、貴族の人かな）

少なくとも教師より家格が高い家の出身だとは思われる。教師が学生を身分により差別することは規則で禁じられているものの、この様子を見る限り少なくともこの教師は規則を守っていないらしい。もっとも、それはエレナの言葉を優先したことからも窺《うかが》えるのだが。

シャルロットも教師の肩越しにランドルフを見た。

ランドルフは銀髪碧眼《へきがん》の青年だった。街を歩けば振り向く人も多いだろうと思うほど整った容姿をしている。人当たりもよさそうだが、同時に何を考えているかわからない不思議な雰囲気も感じた。

「先生がトルディス家のご令嬢から相談を受けたと耳にしまして。情報提供に参りました」

「情報、と……？」

「はい。彼女は昨日、王都の屋敷に帰省した折に寮内でシャルロット嬢から宝石を盗まれたのではないか、と申し立てたようですが、彼女はそもそも昨日、校門から外に出た記録がありません。塀を乗り越えた……というなら話は別ですが。そんな姿を見たという者もおりませんから、自室にずっと籠《こも》っていらっしゃったはずですよ」

それを聞いたシャルロットは、思わぬ援軍に目を瞬かせた。

ランドルフという学生のことは全く知らないが、彼はシャルロットの援護のためにわざわざ進言に来たらしい。それもしっかりと裏をとってから、だ。

（この方、どうしてわざわざ調べてくれたんだろう？）

不思議に思っていると、ランドルフと目が合った。

ランドルフは読めない笑みを浮かべたままだ。

「しかしランドルフ学生。それは単なる記録漏れという可能性も……」

「ならば、映像で確認してはいかがですか。三日くらいは、映像玉に残していることでしょうし、なんならご一緒しますよ。先程私も確認しましたから」

映像玉とは、魔力で起動している監視カメラのようなものだ。

「それに、シャルロット嬢は召喚に宝石など使用していません。私は昨日、彼女が召喚をしたところを見ていますから」

その言葉にシャルロットは再び目を瞬かせた。

（見ていた？）

いいや、見られる可能性がないわけではない。

しかし裏庭といっても庭園のほぼ中央部で、灯《あか》りがあるような場所ではない。寮の内部からも見えない場所なので、そのあたりを歩いていなければ気づかれることはないはずだ。

（でも、召喚を見ていたということはあそこにいたってことだよね？　いったい、どうしてあんな時間に？）

しかしそんな疑問を浮かべたシャルロットより、教師は明らかに動揺していた。

「見たのか⁉　アリスが召喚を行ったところを！」

「見ていましたが、何か問題でも？」

「いや……では、そこには何が……」

「なぜ私があなたにそれを言う必要があるのですか。彼女の契約にもかかわります。トルディス家の令嬢の宝石などなかったという事実以外、必要はないでしょう」

「しかし……」

「ご自身の立場を危《あや》うくしないためにも、もう一度調査したのち、シャルロット嬢にお尋ねになったほうがいいでしょうね。これが、私からの忠告です」

教師の顔色は後ろからは見えないものの、戸惑いは十分伝わってくる。

そうして、ランドルフはさらに笑みを深め、シャルロットに向かって軽く手招きをした。

それを見たシャルロットは速足で青年の元まで駆け寄った。

「では、失礼いたします」

ランドルフの声に合わせてシャルロットも一礼し、続いてその場を後にした。

一緒に部屋を出たエレノアは当然のように礼もしない。

そして教師に声が届かない場所まで廊下を進んだのち、シャルロットはランドルフを見上げた。

「あの、ありがとうございました」

「いや、別にいいよ。相手がトルディス家だから割って入ったっていうところでもあるし。とりあえず、ちょっと一杯、茶でもどうだ？」

「ありがとうございます。喜んで」

本来なら授業が始まる時間だが、この状況下でその誘いを断る理由は何もない。ランドルフなら、何か都合の良さそうな理由を作ってくれそうだとも思った。

それに、その言葉を聞いたエレノアから明るい声が飛び出せば絶対に断れない。

「あら、楽しみ。ねえ、お菓子もあるのかしら？」

ここで断ったら後で何を言われるかわからないと、シャルロットは思ってしまった。


その後シャルロットが案内された部屋のドアには『学生自治会』と書かれた札があった。

「とりあえず適当に座ってくれ。茶を淹れるから」

「え、はい。あの、もしよければ私がお淹れしましょうか？」

「本当か？　助かるよ」

それくらいならお安い御用だとシャルロットは茶葉の缶を受け取った。そして、缶を見て噴き出しそうになった。

（これ凄く高いやつだ）

一応、市場でも売っているが、高級すぎるので値札がつけられていない茶葉である。

だからシャルロットはいつにも増して慎重に淹れた。

「お、お待たせしました」

「悪いな、誘っておきながら」

「いえ」

シャルロットはソファに座って待っていたランドルフとエレノアのもとにティーカップを置いたのち、自分の場所にも置いてから座った。ソファは想像以上の座り心地だった。

しかしシャルロットが座ったところで、ランドルフは逆に立ち上がる。

そして騎士のような振る舞いで、シャルロットに対し最敬礼を行った。

それは慣れた仕草で非常に様になっており、絵本の中からヒーローが飛び出してきたと言われても納得するほどで、失礼ながら、シャルロットとしては若干《じゃっかん》引くくらいのかしこまり方だ。

「私の名はフェリクス・ヒューゴ・ランドルフと申します。光の精霊族の女王陛下並びにシャルロット・アリス嬢。以後、お見知りおきを。学院では見習い魔術師の第三学年、学生自治会においては副会長を務めております」

そう自己紹介をするランドルフの声は、先程までとは異なり改まったものになっていた。

「あら、なかなか姿勢が綺麗ないい男ね。私はエレノアよ」

「あ、えっと……すみません。私、その……そんな風な自己紹介の仕方よくわからないんですけど……シャルロット・アリスです。見習い召喚師の二年です。……ご存知だとは、思うのですが」

エレノアとシャルロットがそれぞれ挨拶を返すと、ランドルフは笑った。

「さっきはこの子に助け舟をくれてありがとう」

「あ、それ！　私が言いたかったのに……！」

「言うのが遅いのよ。ほら、今からでも言いなさい。私はもうお茶とお菓子に集中しているから、好きなだけどうぞっ、と」

そう言いながらエレノアは近くのお菓子に手を伸ばした。

シャルロットは『もう』と言いたくなるのをこらえて、ランドルフに向かって一礼した。

「あの、本当にありがとうございました。宝石を盗んだと最初から決めつけられていたみたいで、どこから反論しようかと考えていたんです」

シャルロットの言葉にランドルフは肩を竦《すく》めた。

「あの教師は一応、トルディス伯爵家の庶流だったからな。本家のご令嬢の言葉を鵜呑《うの》みにしたのか、ご令嬢がシャルロット嬢に先を越されたことで焦って陥《おとしい》れようとしたのか、そこまではわからないけど、そんな感じだろう」

「なるほど、いずれにしても身内贔屓《びいき》だったというわけですね」

「そういうわけだ」

そんな話をしている横でエレノアが急に小さくなったので、ランドルフは目を見開いた。

「……ずいぶん小さくおなりなのですね」

「まあね、このほうがたくさんお菓子が食べられるでしょう？　……っていうか、別にあなたは敬語じゃなくてもいいわ。いい人みたいだし、お菓子をくれたし」

そんなやり取りをしている二人に、シャルロットも少し和《なご》んだ。

しかし、気が抜けたところでふと聞かなければいけないことを思い出した。

「あ、そうだ、ランドルフ様！　その、昨日私が召喚をしたところを見ていたっていうのは……」

「ああ、そのことか。ちょうどシャルロット嬢がお茶会で召喚をしたところだったよ。元々召喚とはそういうものだと予想していたから特に言いふらすつもりもないし、気にしなくて構わないよ」

「予想……？　あの、それはどういうことですか？」

「俺の母は宮廷召喚師をやっている。召喚師と被召喚者の関係は幼い頃から見ているから、なんとなく想像がついた」

それを聞いて、シャルロットは納得しかかったものの、驚いた。

そうか、すでに召喚に成功した人のそばで育っていたなら……。

「……って、宮廷召喚師……ですか？」

「ああ、宮廷魔術師と似たような軍の仕事だよ。もっとも、数えるほどしかいないけどな。学院の推薦を受けたうえで実技披露をする必要があるから、あの教師が何をしようとトルディス家のご令嬢みたいな者だとまず落とされる」

その説明を聞きながら、シャルロットはよくよく考えた。

確かにそのような職業も、召喚師の授業の中で進路として紹介された気もする。

しかし自分には関係なさそうだと思い、記憶には残していなかった。

「シャルロット嬢は宮廷召喚師には興味が湧かないのか？」

「え？　いえ、その……一度も考えたことがなかったので……」

「なら、一考《いっこう》してみてもいいんじゃないか。安定した給金のある仕事という点は保証できる。まあ、座学もできなければいけないが、確か優秀だっただろう？　きみと同じ教場で学ぶ者が悔しがって、口悪く褒めているのを聞いたことがある」

そう気さくにランドルフが言うので、シャルロットは笑って誤魔化した。そんなところから自分の成績が他学年にまで伝わっていたとは驚きだ。腹を立てるくらいなら自分たちも勉強すればいいのにと思うものの、シャルロットも『勉強できます』と自分から肯定する勇気まではなかった。なにせ、相手は自治会の副会長なのだから、成績は言うまでもなくよさそうだ。

しかし安定した給金の仕事、城での就職となればシャルロットとしては願ったり叶ったりだ。養護院の修復に充《あ》てるという目標に、もっとも近づけるだろう。

（でも、そんなことまで紹介してくれるなんて。貴族でいい人とお話しするのは初めてかも）

恩人に対して失礼だということは百も承知だったが、毎日エレナたちと過ごしていれば、どうしても貴族に対して警戒心を抱いてしまうのも無理はない。そんな悪い印象を覆《くつがえ》す、尊敬できる貴族との交流は今までなかった。

やっぱり人は立場ではなくその人自身の考えに大きく左右されるのだと、改めて思えて安心した。

「そうですね。せっかくエレノアと友人になれたんですから、考えてみます。ところで、ランドルフ様は宮廷魔術師を目指してらっしゃるのですか？」

彼のことは初めて知ったので希望進路など知る由《よし》もないのだが、人に宮廷勤めを勧めるのなら自分も進むつもりなのだろうかと単純に疑問が湧いた。

しかしランドルフは一瞬目を見開いた後、苦笑した。

「そういう道もあるだろうが、俺は騎士を目指しているよ。魔法が使える騎士も格好いいだろう？」

「騎士様ですか」

この学院の生徒としては意外だが、先程の動きを見たら納得できる回答でもあった。あの礼は確かに騎士らしい立ち居振る舞いだった。

「魔力を持つ者は、魔力を持たない者に比べて身体能力が劣ると一般的には言われている。そうなると魔術師になる道を選ぶほうが妥当なのだろうが、できないと言われているわけではない。だから昨日も剣を振るため、裏庭に行っていた」

いつもあそこで鍛錬していると言ったランドルフは、そのまま紅茶に手をつけた。

それはシャルロットの目には少し誤魔化すような動作にも見えた。

しかし、紅茶を飲んだランドルフが目を見開いたことで、そんな考えはどこかに行ってしまった。

「シャルロット嬢はずいぶん茶を淹れるのが上手《うま》いな」

「ありがとうございます。こんなにいいお茶ではありませんけど、あそこでいつも鍛錬されているなら、またお茶やお菓子を差し入れさせていただきますね」

「それは楽しみだな」

そうして楽しそうな笑顔を浮かべたあと、思いついたようにランドルフはシャルロットに向かって言った。

「じゃあ、前払いで礼を払っておこう。俺のことはフェリクスと呼べばいい。そして今日みたいな面倒ごとに巻き込まれたら、俺に呼ばれているから後で話を聞くとでも答えればいい。そうすれば、大概どうにでもなる」

シャルロットがその申し出に驚いている間にも、フェリクスは言葉を続けた。

「俺は卒業するまでのあと二年、授業のとき以外は下校するまで大概ここにいる。他の役員にも伝えておくから遠慮なく来ればいい」

「で、でも、ここ学生自治会のお部屋ですよね。私、部外者ですし……」

「なに、お互い様だ。俺も今日みたいな……トルディス伯爵令嬢のように、困ったやつの情報がもらえると助かるし」

「え？」

どうしてこのことにエレナが関係してくるのだろう？

そう疑問を浮かべたシャルロットに、フェリクスは面白そうに答えた。

「トルディス伯爵は最近やけに軍部に関心を示しているようでね。娘を宮廷召喚師にしたいと躍起《やっき》になっているようだが、それにしても宝石の購入については羽振りが良すぎた。どう考えても傾きかけた伯爵家の収支に合わないくらいにね」

「……つまりそれは」

不正？　そう、口に出さずに続けると、にやりとフェリクスは笑う。

「今回のことでトルディス家のご令嬢と直接話ができるのが、こちらとしては大変ありがたい。アレは実家のことなど詳しく知らないかもしれないが、内情を探るきっかけになりそうな出来事が聞けるかもしれないからな。そういうのを聞くのはここの連中、得意だし」

そうニヤリと笑ったフェリクスに、シャルロットは思わず息を呑み込んだ。

『ここ』というのはおそらく学生自治会のメンバーのことを言っているのだろう。

しかしそのことよりも、今の発言から本能的に『この人、絶対に敵に回したらいけないタイプだ』と感じてしまえば、自然と顔が引きつってしまった。

ただ、次の瞬間にはフェリクスの肩からは力が抜けていた。

「ほかにも召喚師側のことや平民出身の学生の困りごとについては情報が足りていなかったりもする。そういうのを改善するのがここの役目だが、知らないと改善のしようもないし。……というわけで、完全な善意から助けたわけじゃなくて悪いな」

「え？　いえ、そんなの全然悪くないです……!!」

「ま、実際役に立つ礼だとは思うから、それについては有効活用してくれ。これからは思っている以上に、すり寄ってくる奴も敵視してくる奴も増えるだろうから」

そう言われたところで、はっきり言ってシャルロットにはいまいち実感が湧かなかった。確かに召喚には成功したし、今朝の様子を見る限り周囲からの評価が変化することはあるかもしれないが、それでも先程のように嫌疑をかけられること以上のものはないだろう。

そうは思うものの、フェリクスの表情を見ていると、そうとも言えないような気がしてきて、冷や汗が伝った。

猫のようにも見える笑顔が、どこか落ち着かない。

「どうした？」

「いえ、その……フェリクス様自身は、貴族としてはどういうお立場なんですか……？」

副会長だとは聞いたものの、それだけではない気がする。

そう思ったシャルロットに、フェリクスはにやっと笑った。

「俺はランドルフ侯爵家当主の孫だよ。嫡男《ちゃくなん》の長男。まあ、このままだと未来の侯爵かな」

その実にあっさりとした答えに、シャルロットは悲鳴をあげそうになってしまった。

貴族だとは思っていたが、その位《くらい》は想像以上であった。

（さっぱりなさってるからあまり気にしてなかったけれど……。私、気を抜き過ぎて失礼なことなんて言ってないよね……？）

それで怒るような相手ではないと思うものの、シャルロットも恩人に不快な思いをさせるわけにはいかないという節度は持ち合わせている。

しかしそれを見たエレノアが「フェリクス、あなた、私と結構気が合いそうだわ」とやたら褒めていたことなんて、もはや気にすらできなかった。

第四話 『精霊使い』の新日常

Welcome to the healing Mofu Cafe!

それから数日が経過した放課後のことだった。

「今、お時間よろしいでしょうか？　アリス様」

校内で声をかけられ振り向けば、そこには複数の魔術師見習いたちがいた。それを見たシャルロットは思わず『またか』と頬を引きつらせた。しかし、彼女らはそんなことには気づかない。

「よろしければ私たちのサロンにいらっしゃらない？　もちろん、精霊様もご一緒に」

「それよりも、昨年卒業された方がぜひ一度アリス殿にお会いされたいと仰っているのだ。今から一緒に食事にでも行かないか？」

「皆様お待ちになって、私もお誘いしに参ったのです。アリス様、類《たぐい》まれなる力を養われた背景をぜひお聞かせ願いたく思いますわ。一度、当家へお越し願えませんか？」

そうして勧誘合戦が始まるのだが、内容からしてすべて貴族の子弟からの誘いである。

友好的なことはありがたいが、シャルロットにとっては皆初対面の相手であるから、返答にはとても困る。貴族であれば実家の家格などメンツの問題もあるかもしれない。それをつぶすのは得策でないように思われる。ちなみに、庶民出身の魔術師見習いたちとは相変わらず交友を深められていない。その主な理由は、この貴族たちの情熱的な勧誘が原因だろう。この壁を乗り越えて、シャルロットに声をかけることは困難らしい。こっそり手紙が送られてくることはあるが、送り主が誰なのかいまだ不明だ。

（いずれにしても私もアルバイトの日が多いし、今日みたいなお休みの日は予習復習をしたいし、そもそも今日はエレノアを呼んでいないから意味がないと思うんだけど……。さて、どうやって私の主張を聞いてもらおうかな）

ヒートアップしている者たちを前に、シャルロットもタイミングを見図ろうと黙ってその状況を見つめていた。

ただしこの状況は少々面倒ではあるものの、友好的なのであまり問題があるとも思っていなかった。シャルロットに友好的であるグループもいれば、逆もいる。特にエレナやトルディス家の関係者からはエレナを陥れたと目の敵にされ、何かと突っかかられている。

（嘘をついただけで十日間の謹慎処分なんて酷すぎる、というのがあちらの主張らしいけれど……向こうは私に濡れ衣を着せ、もっと重い処分を課そうとしていたというのに）

シャルロットがそんなことを思っていると、突然肩に軽く触れる手があった。

「お待たせいたしました、シャルロットさん。あら、今、お取り込み中でしたか？」

そうして落ち着きのある声を響かせたのは、青みがかった銀髪に紫の瞳を持つ大人びた雰囲気の少女であった。

「グレイシー様」

そのシャルロットの声に周囲の生徒たちも一斉に彼女のほうを見た。グレイシーはそれでも全く動揺しない。

彼女はフェリクスの従妹《いとこ》で、シャルロットの同級生でありフェリクスと同様に学生自治会に所属している。シャルロットが以前、今日のような場面に遭遇した折、自治会室に避難したことで仲良くなった友人でもある。そして……フェリクスの従妹というだけあって、やはり高位貴族でもある。

「ごめんなさいね。私、シャルロットさんとお約束させていただいているの。お連れしてもよろしいかしら？」

「ええ、ええ！　もちろんです！　むしろ、お約束があったにもかかわらず足止めをしてしまい、申し訳ございませんでした」

「いいえ、今ちょうど来たところですし。ね？　シャルロットさん」

「え、ええ」

「では、参りましょう。皆さんもごきげんよう」

そうしてグレイシーが歩き出したので、シャルロットは慌てて追いかけた。走らず、急ぐ。この芸当を優雅にできるグレイシーはすごいなと思っているうちに、彼女の足は止まっていた。

そのドアの札に書いてあるのは学生自治会という文字だ。

ドアを開けると、中にいたのはフェリクスだった。

「遅かったたな」

「こんにち……」

「遅かったたな、じゃありません！　まったく、フェリクス様はシャルロットが困っていても放置してここまで来て、私に報告するしかできないのですか情けない！」

シャルロットの言葉を遮ったのはグレイシーだ。先程までのお淑《しと》やかさはどこへやら、鬼のような形相である。

実はお嬢様であるグレイシーの本性はこちらで、人前での振る舞いのほうが猫をかぶっているだけだ。

だからこそ、シャルロットとしては付き合いやすいと思っているのだが。

グレイシーに責められたフェリクスは、しかしさほど悪いとは思っていない様子で軽く両手を遣って降参の意を示す。

「仕方がないだろう。俺があの場に出ていけばあらぬ噂を立てるのが貴族ってやつだ。同性のお前のほうが適任だ」

「まったく。女装でもなんでもするくらいの気持ちでいてほしいものですわ」

「お前、一体俺を何だと思っている」

「まあまあ……お茶を淹れますから、ひとまず落ち着いてください」

そう言うとシャルロットはカップと茶葉を勝手知ったる棚の中から取り出した。茶器の類はここの備品だが、茶葉はシャルロットが以前持ち込んで置いているものだ。

シャルロットはフェリクスと初めて会った日に、この部屋へ自由に出入りしてもよいと言われたものの、さすがに当初は遠慮するつもりだった。

しかし翌日から先程のような騒動が度々起こるようになったため、避難場所として利用させてもらわざるを得なくなった。学生自治会のメンバーは皆穏やかで、苦笑しながらシャルロットのことを温かく迎えてくれた。そしてその中でも特に打ち解けられた同学年のグレイシーは、よくシャルロットの世話を焼いてくれる。

小耳に挟んだ話によるとグレイシーもまた、あまり友人がいない学生生活を送っていたという。

もっとも、その理由はシャルロットとは異なり『高位貴族家の完璧な令嬢で、どこかとっつきにくい』というようなものだったのだが。それは『変な人たちに囲まれたくない』という彼女の計算しつくされた振る舞いの結果でもあるそうだ。

そしていくらかの時間を経て、シャルロットは準備を終えた紅茶を二人のもとへ持っていく。すると、その場にはすでにお菓子が用意されていた。

「お待たせしました」

「いえ、むしろありがとう。シャルロットの持ってきてくれたお茶はシャルロット本人が淹れてくれるのが一番美味しいから、ついついお願いしちゃうわ。フェリクス様もそう思いますよね？」

「ああ。この時間帯はつい眠くなるが、気分転換ができて助かってる。眠気もどこかに行くからな」

「光栄です。特技で喜んでもらえるのは嬉しいですから」

シャルロットが持ち込んでいるのは高級茶葉ではなく、シャルロットが作った新たな薬草茶だ。ブレンドはオリジナルだが、原価は安い。二人にもそれは告げているが、それでも美味しそうに飲んでくれるのを見ると誇《ほこ》らしくなる。

「そういえば、魔獣討伐の楽しそうな依頼があるの。直近でアルバイトがお休みの日で、エレノア様のお時間があるようだったら、シャルロットも一緒に行かない？　達成するのは難しくなさそうだし、報酬《ほうしゅう》もなかなか魅力的なの」

「本当ですか？」

魔獣討伐という響きから、シャルロットも最初はひどく物騒なものだと思ってしまった。しかし実際に経験して感じたのは、確かに危険が伴う仕事ではあるが、報酬に応じて魔獣の討伐難度は異なるため、必ずしもリスクが高いものばかりではないということだ。

（それに、エレノアの力を使う練習にもなるのよね）

シャルロットは戦闘ではエレノアの力を借りることになるが、その力の使い方は二種類ある。まず一つ目はエレノアにすべて任せてシャルロットは魔力供給をしつつ、後方に待機して全力で魔獣の攻撃を避けるという方法だ。そして二つ目はエレノアの力を借りて、シャルロット自身が魔術師のように力を使う方法だ。

魔獣退治のときだけでなく、普段から練習したほうがいいのだが、校内にいるとギャラリーがたくさんできてしまうので練習に集中することができないのだ。

だから、そんな中での今回の誘いはシャルロットにとって、とても嬉しいものだった。

「ええ。フェリクス様も来るから、前衛は安心して任せられるわ」

「おい、俺は聞いてないぞ」

「どうせいらっしゃるでしょう？」

「確かに行くけどな。実戦経験が積める機会はありがたい」

「ありがとうございます。エレノアは前日までに連絡すればいつでも大丈夫と言っていました。私は……次のお休みは三日後です。依頼、それで間に合いますか？」

「わかったわ。大丈夫、人畜を襲っているわけではなくて毛皮の回収が目的だから三日くらい十分待ってもらえるものなの。それよりエレノア様は本当に大丈夫？　三日だと急ではない？」

「ええ」

エレノアについてはシャルロットのもとに長くいたいと言うものの、基本的には霊界で仕事をするため向こうにいる。エレノアは『女王』なのだから当たり前だとシャルロットは思うが、『もう二千年以上女王をやっているので、数年くらいいなくても大したことないのに』と主張するエレノアは不満げだった。

ただし毎日『呼び出せ』という怨念を飛ばされている気がするので、シャルロットは毎夜エレノアを呼んで、お茶とお菓子を振る舞っている。シャルロットとしても、美味しくお茶を飲んでくれる友達が異次元からやってきてくれるのは嬉しいことだ。

「そう、じゃあ楽しみにしているわ。シャルロットは宮廷召喚師になるのでしょう？　私は宮廷魔術師を目指すから、卒業した後に一緒に仕事をするための練習になるもの」

「……グレイシー。お前の目的は結構だが、俺も誘ったことを忘れていないか？　なんだかその言い方だと二人で行くみたいに聞こえるが」

「いいえ、忘れていませんよ。シャルロットと休憩のお茶をいただくときには、フェリクス様に周囲の警戒をしていただくのも大切ですから」

堂々と言うグレイシーにシャルロットは苦笑した。

同じくフェリクスも『仕方がないな』と、まるで兄のような表情で見守っている。

それを見てシャルロットは自分で言ったわけではないにしてもオマケみたいな扱いになって申し訳ないと思う反面、今のこの温かい雰囲気はこれまでの学園生活よりも断然楽しいものになっていると感じていた。

そうして毎日を過ごしているとあっという間に季節は巡り、まもなくフェリクスが卒業するという日が迫っていた。

「無事に騎士になれることになって、よかったですね」

「本当にな。正直どんな実技試験があるのかわからなかったから、若干不安はあったんだ。魔術学院とは違って剣術学校のほうでは模擬試験もあるらしいが、門外不出ということだったし」

「なんて言いながら、結局一番の成績で合格でしょう。魔術を学んでいたというのに、どれだけお強いんですか」

夜、シャルロットは裏庭でフェリクスの自主練習の場へやってきていた。

初めて出会った日の翌日から続けているお茶やお菓子の差し入れも残り数回。

意外と早かったなと思いながら、シャルロットは新たな菓子をフェリクスに披露した。

「これ、どうぞ」

「これは氷菓子か？」

「ええ。かき氷というもので、氷を細かく刻んでいます。かかっているのは抹茶シロップですが、お好みで練乳も一緒にどうぞ」

まだまだ量は少ないが、抹茶もレヴィ村で作ってもらっている。

少し肌寒い季節ではあるものの、鍛錬を終えたフェリクスにはちょうどいい菓子だろう。

「氷は作るのも削るのも、エレノアに協力してもらいました」

「本当に万能な精霊様だな。特に食事に関しては」

「それ、エレノアが聞いたら怒っちゃいますよ」

そうは言いつつも、シャルロットもまさしくその通りだと思っていた。

エレノアは火と水と風の力を使う精霊だ。料理の手伝いを頼んだ際は喜んで力を貸してくれる。

「お味はどうです？」

「疲れた身体に効いて、美味い」

「よかったです。卒業記念と騎士団入団のお祝いにはこれくらいしか用意できませんけど、また宮廷勤めで後輩になったときには美味しいお茶とお菓子も持っていきますから、とりあえずそれまで待っていてくださいね」

そのとき、フェリクスは驚いた表情を浮かべたものの、すぐにいつもの笑みを浮かべた。

「じゃあ、楽しみに待っているからな」

そうしてフェリクスは卒業し、騎士団に入団した。


翌年、シャルロットも宮廷魔術師を目指すグレイシーと同様、学院の推薦を受けて宮廷召喚師を目指す――はずだった。

学業でもなんとか成績を維持し、苦手なマナーに関する試験の対策もグレイシーからスパルタともいえる教育を受け、学院の推薦も取り付け、あとは卒業直前に試験を受けるだけだった。

そう――試験を受けるはずだった、のだ。

本当であれば試験が終わって打ち上げでもしようと思っていたはずの、その日。

寮のシャルロットの自室では、エレノアが目を吊り上げていた。

「それで？　シャルロットが受験できなかった理由、学院側からはきっちりとした説明があったんでしょうね？」

「お、落ち着いて、エレノア。順番に話すから……」

「落ち着いてなんていられないわ！　書類が提出されていないって……あり得ないわよ！　グレイシーと一緒に出しに行っていたでしょう⁉　そもそも学院からの推薦があるのに、本当に出ていなかったとしたら学院側から確認されないわけがない！」

エレノアが怒っているのも、無理はない。シャルロットだって呆れてものが言えないのだ。

卒業を控え、グレイシーは宮廷魔術師として、シャルロットは宮廷召喚師としてそれぞれ試験を受けるはずだった。

しかし当日、試験会場に行くとシャルロットの名前がどこにもなかったのだ。

会場側も困惑していたが、ないものはない。学院側に会場からも問い合わせたが、返事が得られないまま当日の試験は終わってしまった。

そして翌日、学院からは『受け取った願書はすべて提出している。よって、シャルロット・アリスの受験票は受け取っていない』と回答された。回答したのは過去にトラブルのあった、トルディス家に縁のある教師だった。

もっとも、当然シャルロットとしても納得がいかないので押し問答となった。教師はそれでもあしらっていたが、やがてほかの教師がその現場を目撃し、詳細な調査を行った。

結果、教師の机の中からシャルロットの願書が発見された。さらに調査を進めたところ、教師は庶民のシャルロットが宮廷仕えをすることを快く思わず、願書を破棄しようとしたらしい。だが願書は特殊な魔術がかけられているため裁断も焼却もできず、机の中に隠していたとのことだった。

「……ということで、教師は解雇。立場を利用し生徒に不利益をもたらしたとして、公的な罪にも問われる可能性があるというのが、最終的な結果ということなの」

あの教師の平民嫌いは知っていたし、シャルロットとしても嫌な思い出しかないが、さすがにこんなことまでするとは思っていなかった。そもそもたとえ前もって懸念を抱いていたとしても、受験票の保管や管理に関われないシャルロットに対策の方法はない。

「は？　それだけ!?　再受験の配慮は!?」

「学院に瑕疵《かし》があっても宮廷側には問題がなかったことから、認められないと言われたわ」

「学院からの保証は!?」

「……前代未聞の事態で、現場も困惑しているから回答は待ってほしいと言われたんだけど……。ねぇ、エレノア。就職活動は今からでも間に合うかな？　とりあえず、アルバイトは続けてるから、その傍《かたわ》ら仕事探しかな……？」

卒業生に対する就職案内は、すでに時期を過ぎていると、学院側からは言われてしまっている。アルバイト生活でも王都暮らしはできるが、家賃が高い王都でアルバイト生活でも借りられる住まいを探すのは大変だ。運よく借りられたとしても、当初の目的である養護院の修繕費用など貯められるわけもない。

（養護院には安定したお仕事ができそうですって手紙で報告しちゃってるし……早くお仕事を見つけないと、格好がつかない……！）

それにフェリクスやグレイシーへの報告もしなくてはいけないが、そのときまでに何らかの職を得ておかなければ、二人にも心配をかけてしまう。

「魔獣討伐のお仕事もないことはないけれど、あれは学院生だから融通してもらえてたわけだし……『学院卒の無職です』じゃ、依頼ももらえないよ」

本当にどうしたものか。

学院でシャルロットを追いかけていた貴族たちに話をすれば仕事が見つかるかもしれないが、それはそれで混乱のもとになりかねない。そのうえ、学院での様子を見るに、どうも物珍しさで来てほしいと言われるだけで、『仕事』をしようとしているシャルロットの考えとは違う依頼をされそうな気もしている。見世物のような仕事は極力勘弁願いたい。

シャルロットが頭を抱えていると、エレノアは長い溜息《ためいき》をついた。

「落ち着きなさい。シャルロット。いや、私も怒っているけど、最悪の結果なだけで、一応想像していた範囲の結果だわ。だから、今からは仕返しの準備を整えてから行動に移さないとね」

「え。仕返し？」

思いがけない言葉が聞こえた気がして、シャルロットは思わず聞き返した。

一体何を聞き間違えたのかと思ったものの、エレノアは頷いている。

「え、あの……私、仕返しよりもまずは仕事をどうにかしたいんだけど……」

すでに教師は処分されているし、仮にされていなくてもシャルロットが直接処罰を与えることはできない。裁判をするという方法もあるかもしれないが、訴えるために必要なお金や時間を考えれば、まずは就職することが先決だ。

だからその提案にシャルロットは戸惑ったのだが、エレノアは燃えに燃えていた。比喩《ひゆ》ではなく、実際に発光していた。

「そう。あの教師に堂々とこれ以上ないくらい華麗に仕返しできるだけのスキルをシャルロットは持っているから大丈夫。それを仕事にして上りつめればいいの」

「うん……？」

「シャルロットは今すぐ美味しいお茶の店を開けばいいのよ！　こうなったからには王都一番になるわよ!!　あんたたちがどう邪魔しようともシャルロットは輝けるんだって見せつけて、羨ましがらせて、ぎゃふんと言わせるのよ!!」

「え、今すぐ!?　それに、その、お茶の店って……!?」

唐突な発言に、シャルロットは完全に目を丸くしてしまった。

しかしエレノアは名案とばかりに腕を組んだまま、話を進める。

「ほら、シャルロットのお茶って本当に美味しいじゃない。お菓子作りも得意でしょう？　だったら、その専門店を開けばいいと思うのよね。お茶会ができるお店なんてどうかしら？」

その発想は、まさしく喫茶店そのものだと思う。

確かにお茶については小さい頃から作り続けている。村の皆にも、そして学生自治会のメンバーにも好評であったことから、庶民の口にも貴族の口にも合うものができていると思う。

（王都には喫茶店がなかったから、新しい事業になるし需要もありそうだけど……でも、急すぎない⁉）

村のお茶を行商人経由で売ることはあっても、自分で直接店を構えるなんて考えてもいなかった。

そう思ったシャルロットは戸惑い、そして一番の問題をすぐに見つけた。

「そう、資金！　資金がないし！　お店を開こうと思うと、たくさんお金がいるんだよ」

学生時代のアルバイト代も、エレノアの召喚に成功して以降は養護院への仕送りに使っている。

だから手持ちは本当に最低限の生活資金しか残っていない。

しかしそんなシャルロットを見たエレノアは得意げに笑った。

「シャルロット。こういうときのために私がいるのよ。光の大精霊の力を有効活用しないと」

「え？」

シャルロットが首を傾げる前で、エレノアは両手を組み、祈りを捧げるような姿をとる。

次の瞬間、エレノアの目じりから一筋の涙が零《こぼ》れ落ちた。

エレノアは組んでいた手を解《ほど》くと、それを指先で拭《ぬぐ》った。

涙は、雫《しずく》型の結晶となっていた。

「はい、あげる」

「これは？」

「通称『精霊の涙』。まあ、人間たちは賢者の石とか言ってるけど、だいたいのことは叶う代物よ。それを売ってお金を得れば――」

「は⁉　ちょっと待って待って待って、何作ってるの‼　え、本当に何でも叶う石なの⁉」

「まあ。さすがに全人類を滅ぼすとか、この星を自分の支配下に置きたいなんて壮大な願いは無理だけれど、不治の病を一瞬で治癒させるとか、ちぎれた右腕を再生させるとかくらいなら――」

「ちょっと待って、ちょっと待って！　それ、『くらい』じゃないから！」

さらりと告げられた言葉にシャルロットは叫んだ。

賢者の石なんて、伝説上にしかない物質だ。とんでもない物をさらりと出さないでほしい。

「だって、シャルロットったらろくに私の力を使わないじゃない。私、ほとんどお茶とお菓子を食べているだけなんだから、たまには役に立たなくちゃいけないでしょ？」

「いやいや、対価っていうのは対等なものじゃないとだめでしょ！　それに魔獣討伐は一緒にやったよね⁉　力は借りてるよ⁉　あと、お菓子を作るときの湯煎《ゆせん》もエレノアのお陰ですぐお湯を準備できるし！」

「でも、それは女王じゃなくても精霊なら誰でもできることだもの。私も女王らしいことをしたいの！」

そんなことを言われても、シャルロットは素直に受け入れるわけにはいかない。

だいたいこんな代物を世の中に出すわけにはいかない。絶対、世間が混乱するしシャルロットの立場も怪しくなる。少なくとも一般人ではいられなくなり、大幅な制限が付けられそうだ。

「じゃあ、これは貸すだけ。貸すだけよ。質に入れて、流れる前に買い戻せばいいわ」

「いや、根本的な解決になっていないし！」

「それは気合で乗り切って！」

「いや、無理だよ！」

幻だと言われるものをこうも軽々しく渡されてはシャルロットもどうしていいのかわからない。

しかも、これに頼っては悪い癖がつきかねないと思ってしまい、とても怖い。

だからシャルロットはエレノアに精霊の涙を押し返した。

しかしシャルロットの言葉にエレノアは満足そうに笑った。

「シャルロットのそういうところは好ましいと思うわ」

「そう思うなら、それ、しまおう？」

「でもいいじゃない、どうせ嘘泣きですら作れるものよ。今もそれで作ったし。まあ、精霊女王クラスでないと作れないし、私も滅多に涙なんて流れないけど。何百年ぶりかしら？」

「待って、賢者の石が嘘泣きで作れるとか本当に突っ込みどころしかないから‼」

エレノアとはそれなりに長い付き合いになってきたつもりだったが、まだまだ認識がここまでずれているのかとシャルロットは頭を抱えたくなった。

頼れる可能性があるとすれば、フェリクスやグレイシーだが、友人には金銭について頼むようなことはしたくなかった。

「……やっぱり、すぐにお店を作るのは難しいよ。無理。いいお仕事だと思うけど、無理だよ」

「って、シャルロットなら言うと私も思うじゃない？」

「思うじゃないって……」

「だから、私もシャルロットが試験を受けられなかったって聞いた瞬間から、ある程度話を進めておいたの。まずは談話室に行って話をしましょう。さ、早く」

そうして、シャルロットはエレノアに急《せ》かされて、女子寮と男子寮の中央部分にある談話室に向かった。

（話を進めてるって……一体誰を呼んだの？）

それはきちんと考えれば、エレノアの数少ない人間の知り合いだとわかるのだが、そのときいっぱいいっぱいだったシャルロットには考える余裕がなかった。

だから、

「久しぶりだな」

「……っ‼」

談話室にいたフェリクスに、シャルロットは思わず息を止めた。

しかし相手は気さくな雰囲気である。

「あ、えっと……その、お久しぶりです。騎士としての初期訓練期間中、だと聞いていましたが……」

「一応、課程は終わった。まだ一人前っていったら怒られるだろうけど、半人前は卒業だ」

冗談交じりのフェリクスの言葉にも、シャルロットの目は泳いだ。

報告しなければいけないのだが、どこから話せばいいのかわからない。何より、後ろめたい。

こんな気持ちになるなど、昨年卒業を見送ったときのシャルロットは思いもしていなかった。

（せめて事前に言っておいてくれないと……、いや、聞いてても凄く気まずいけど！　でもまだ心の準備っていうものが‼　エレノアもいつ連絡を取ったのよ！）

シャルロットはエレノアに心の中で盛大に抗議をした。

（でもエレノアが先に話をしているっていうことは、宮廷召喚師になれなかった件はご存知だよね）

それでも自分で報告することは必要だろう。

しかしフェリクスはその考えがまとまるまで発言を待ってはくれなかった。

（どう切り出そう）

「少し早いが、卒業おめでとう。それで、困りごとは？」

質問はこれ以上ないほど直球だった。

形式上疑問符がついているが、すべて把握されているらしい。

（今一番の困りごとはこの状況……なんて冗談は言えないよね）

ただし久々に会った先輩に対し『お金が足りないんです』とは言えない。

しかも、諸々《もろもろ》の話をするにしても談話室では場所が悪すぎる。聞こえなくてもいい人にまで話が聞こえるし、在学時からフェリクスは人目を引いていたのだ。卒業後、わざわざ学院にやってきているとあっては余計に目立つ。

シャルロットがそんなことを考えていると、長い溜息が耳に届いた。

「まあ、まずは場所を移すか」

シャルロットの考えが通じたかどうかはわからないが、フェリクスは立ち上がった。

シャルロットはそれに続くが、行き先は見当がつかない。このまま進めば正門に着くなと思っていたら、フェリクスが立ち止まった。

その前には立派な馬車が停まっている。

「ほら、乗れ」

「え、乗れって、乗っていいんですか？」

「むしろ乗らなくてどうするんだ。うちの馬車だ」

立派な紋章はランドルフ侯爵家のものらしい。

あまりの立派さにシャルロットは本当に乗ってもいいものなのかと躊躇《ためら》っていたが、その間にエレノアがシャルロットの肩から離れ、馬車に乗った。

「ほら、シャルロット。そんなところでぼーっとしてたらフェリクスも乗れないでしょ」

「ええっと……失礼します」

「足元、気をつけるようにな」

シャルロットが馬車に乗ると、フェリクスもそれに続いた。

扉が閉まると、間もなく馬車は動き出した。

（どこに行くんだろう）

むしろ行き先などはなく、他人に話を聞かれないように乗ったのかもしれないと思っていると、フェリクスが口を開いた。

「騒動は一通り聞いた」

「……ですよね。すみません」

「どうしてシャルロットが謝るんだ」

「宮廷召喚師になると宣言していましたし、楽しみにしているって仰ってましたから」

気まずくて連絡できなかった理由をシャルロットが口にすると、フェリクスは肩を竦めた。

「自分が悪くないなら謝るな」

「でも」

「謝罪はしすぎると軽くなる。覚えておけ」

そうして軽く頭を撫でられると、どうやら励まされているのだと理解した。

「……一応、宮廷側でも救済措置の検討はされたらしい」

「え？」

「本人に瑕疵はなく、悪意による結果だ。しかも、そもそも宮廷召喚師の受験はお前一人だった。だから現場の宮廷召喚師側からも声はあがったんだが……人事院に蹴られてしまったそうだ」

どうしてそこまで知っているのかと思ったが、フェリクスの母親は宮廷召喚師だと言っていたのを思い出した。

もしかするとエレノアから聞く前に騒動のことを知り、動いていてくれたのかもしれない。

「まったく、嫌になるよな。何が平民が特例を求めるのか、だ。貴族の教師の妨害が原因だというのに、何を言っているんだか」

「……ただ、後付けで私だけに特例を作るわけにもいかなかったのでしょうね。言い方はともかく、人事院にも瑕疵がないのは私にも理解はできます」

「そのシャルロットの言い方も問題だ。貴族はかくあれというような言葉の中に、人を見下せという項目はない」

励ましていた先程の様子とは違い不貞腐《ふてくさ》れた雰囲気のフェリクスは、そう言葉を続けた。

そんなフェリクスを見て、シャルロットは思わず笑ってしまった。

「おい、なんでそこで笑う。怒るところだ」

「いえ、なんというか……フェリクス様もエレノアも、みんな私のために怒ってくれて、そのうえで動いてくださっていたのを知ったらすっきりしちゃって。私、今後の生活のことで頭がいっぱいだったんで」

どちらかと言えばシャルロットには怒る余裕がなかった。

そんな中で、自分のことを心配して動いてもらっていたのだと思うと感謝してもしきれない。とても素敵な友人に恵まれていると胸が温かくなった。

「当事者なんてそんなもんだろ。逆に必要なことからとりかかるっていうシャルロットは冷静すぎるぞ。……でも、悪いな。俺にもっと力があればどうにかできたかもしれないのに、結局まだまだ『お坊ちゃん』扱いだ」

それは実際に人事院の人に言われた言葉なのだろうか？

それだと、気分を害させたようでシャルロットとしても申し訳がない。

「フェリクス様は先程私に『悪くないのに謝るな』って仰いました。それなのに、私に謝るのは変です。フェリクス様に落ち度はありませんよね？」

シャルロットがそう言うと、フェリクスも肩の力を抜いた。

「瑕疵はないが、最善でもない。少なくとも俺が納得できるように、これから力を付けていく」

「フェリクス様なら大丈夫ですよ。でも、本当にありがとうございました。私は宮廷召喚師にはなれませんでしたけど、これからも召喚師は召喚師です。だから、フェリクス様がお呼びくださったらいつでもお手伝いしますから」

シャルロットの言葉にフェリクスは肩を竦めた。

「それは頼りになるが、その前に……お前、金が足りないそうだな。エレノア様から聞いた。店を出すのにそれなりに資金が必要なんだろ？」

「う……。そ、それは案が出ただけというか……」

実際、今はまだ何も決まっていない。

むしろ計画案を聞いたのもついさっきだ。

「あのですね、本当にお店を持つにしても採算がどれくらいでとれるのかとか、出店費用も計算できていないので、まだ本当に何も……」

困ってはっきりと言葉が出せないシャルロットに、フェリクスは笑った。

「別に詳細な説明はいらないさ。とりあえず、俺はエレノア様に金貨三百枚をお渡しして、精霊の涙を借りるということになっているから」

「え？」

「この一年間で貯めたものだ。使う暇もなかったからな。それだけでは足りなかったら悪いが」

そうしてフェリクスが金貨の入っているらしい袋を座席の隣に置いた。

「ありがとう、フェリクス。じゃあ、精霊の涙は渡すわ。でも私は人間のお金を使わないから、シャルロットに渡してくれる？」

「はい。ほら」

「って、ちょ、フェリクス様⁉　エレノア⁉」

話が勝手に進んでしまうが、シャルロットとしては返金について何の保証もできないままで受け取ることはできない。しかし、二人は仕事が終わったといわんばかりの結託《けったく》したような表情を浮かべていた。

「とはいえ、これが本当に伝説級の代物なら金貨三百枚っていうのは安すぎる。一応今のところ俺にはこんな代物を使う予定はなく、返すつもりでいるから安心してくれ」

「いや、でも、その……お金……こんなにたくさん、急には」

「忙しすぎてここ一年、生活に必要な最低限の買い物しかしなかった。加えて在学中にも交易で稼いでるから、俺にとってはなくても困る金じゃない」

しかし、そうは言っても大金だ。

「まだ納得していなさそうだが……俺も騎士としてそれなりに危険な仕事もしてるから、下手をするとこの精霊の涙も使ってしまうかもしれない。だから本当に買い戻したいなら、急いで金を作るんだな」

フェリクスは悪徳商人のような表情でそんなことを言う。

しかし面白そうにからかっている様子であっても、シャルロットを応援してくれようとしているのは伝わった。

「……じゃあ、お店ができたらフェリクス様には、いつでも無料でお茶を振る舞わないといけませんね。利息のお支払いとして、いかがですか?」

「いい特典だな。疲れが癒《い》えるやつを頼む」

「いろいろ考えておきます。とっておきのおもてなしを用意してお店も繁盛させますからね」

そう宣言したシャルロットにフェリクスは頷いた。

しかし、今はまだ何も決まっていない。

店の候補地も茶葉の仕入れ先も決めなくてはならないし、寮を出たあとの住まいのことも考えなければいけない。卒業までの短い期間でやるべきことは山積みだ。

シャルロットが今後について考えたとき、馬車が止まった。

「着いたみたいだな」

「着いた？　そういえば、どこに向かっていたのでしょうか？」

シャルロットが尋ねる間に、フェリクスは先に馬車を降りた。

そのまま自然な仕草でシャルロットに手を差し出す。

「そりゃ、善は急げって言うだろう？」

不思議に思いながらも馬車から降りた先には薬草店が待っていた。

シャルロットは目を瞬かせた。

「茶の材料も自分で採集できるものばかりじゃないだろう？　この後茶葉の店にも行くし、店の候補地も調べに行くぞ」

「い、至れり尽くせりですね」

「試験の件では何も役に立てなかったから、思いつく限りの手助けくらいはさせてほしくていろいろと考えたんだ。あと、礼も兼ねているからな」

「お礼？　何のでしょうか？」

「俺も、どこかの後輩が毎日茶を用意してくれてたから、思っていた以上に充実した訓練ができてたし。それに、今もまだ自分には何の力もないんだなって、改めて教えられたからな」

その言葉にますます訳がわからなくなったが、フェリクスが満足そうならそれでいいかとシャルロットは深く考えないことにした。

これまでの付き合いから、今のフェリクスの表情は答えを教えてくれないものだというのを知っているし、何より連れてこられた店内の薬草たちが魅力的でとても輝いて見えたので、それどころじゃなくなったからだ。

第五話　開店準備

Welcome to the healing Mofu Cafe!

いくつかの候補地を繰り返し何度も見て回ったあと、シャルロットは閉店したバーの跡地で店を開くことにした。

店のすぐ前には大きな公園があり、風が吹けば葉擦《はず》れの音が聞こえて心地がいい。そして大通りの喧噪《けんそう》から離れた空間なので、落ち着きもある。

（公園に来る人もいるし、集客に都合がよさそうなのよね）

店の周囲には花の販売所と雑貨店があるが、ほかに飲食店はない。

もともとあったバーも周囲にライバル店がないのを見越して出店したようだったが、存外夜の公園は人通りが減り、一番の稼ぎどきの集客に失敗したようだった。昼間から酒を飲む人が日本より多い世界だとはいえ、飲むのは仕事が終わった後という人のほうが多いのもまた事実である。

（私はひとまず昼の営業だけをするつもりだけど、宣伝活動はある程度しっかりしないと何のお店を始めたのか気づいてもらえないまま終わることになっちゃいそうかな）

店舗の二階の部屋は貴族の子供たちが多く通っている学院の寮よりは狭いものの、養護院の四人部屋に比べればだいぶ広く、普通に住むことができる間取りになっている。

「とりあえず自分の寝床は十分確保できるし、荷物も置けそうだし、問題なしかな」

自分のための空間はある程度の広さがあればそれでいい。店にとって大事なのは喫茶スペースだ。

シャルロットはホールに立って、店の内部を見回した。

間取りを大きく変えるのは難しいが、バーのときのままでは喫茶店の雰囲気は出せず、今までとは違うコンセプトの店だということが伝えられない。だからある程度は雰囲気を変える必要がある。

そこでシャルロットは『とにかくリラックスできる空間』というテーマを掲げて、テーブルや椅子といった内装にこだわることにした。

まず、相席が前提となっていた大人数用のテーブルは撤去して売り払った。

その代わり、小さめの四角いテーブルを多数購入した。

（これでグループの人数に合わせて、席の調整ができるよね）

それに加えてシャルロットはローテーブルとソファの席もいくつか用意した。

ソファは毎日座ったとしても耐久性が十分に保証できると言われた優れモノなのだが、それだけあって相応の値段もした。だが、どうせなら普段できない……家には置きづらい上質なソファで心地よさを満喫してもらうのも楽しいのではないかと思ったのだ。

（座面も広いし、クッションを作って置くのもいいかな？）

それから、店内に光が取り込みやすくなるよう窓の改造も行った。

（大きな窓ガラスは値段が高いから難しいかとも思ったけど……まさか、代用品をエレノアが作れるなんて予想外だったな）

そう思いながら、シャルロットはエレノアが窓ガラスを作ってくれたときのことを思い出していた。

『要は明るい光を取り込むための、魔力の壁を作ればいいのね？』

そう言ってエレノアはシャルロットの魔力を変換し、透明な魔力壁という窓の代わりになるものをあっさりと作り上げた。原料はシャルロットの魔力なのでお代はゼロである。強《し》いて言うならエレノアにいつものお礼としてパウンドケーキを一本要求されたので、その材料費くらいだ。

しかし、そこで気がついた。

ガラスの代用として透明な壁を作ることができるなら、ガラス食器も魔力で作れるのではないか、と。

既存の食器とは少し違う形のものが欲しいと思っていたシャルロットは、さっそくエレノアに依頼し食器作りに取り組んだ。そして何度か練習すればシャルロット自身もエレノアの力を借りながら魔力の障壁をある程度自由な形に操れるようになり、欲しいと思った理想の食器を仕上げられるようになっていた。

「この調子なら、プリンアラモードやフルーツパフェも見栄え良く作れるかも。ちょうどプリンは作ってあるし……さっそくやってみようかな？　果物もクリームもあるし」

「なんだか美味しそうな響きね。さっそくいただこうかしら？」

「もちろん。すぐに用意するからね」

シャルロットはさっそくプリンアラモードの準備にとりかかった。

プリンが仕上がっている現状では、残る作業は果物を切る作業と盛り付ける作業だけだ。とはいえ、プリンアラモードにはその飾り付けがあってこその特別感が存在する。

(どうしよう。いろいろ用意はあるけど、いざどんなものにしようかと思ったら迷うなあ)

たくさんのベリーを使う方法もあれば、いろいろな果物をカッティングして魅《み》せていく方法もある。一応綺麗にお皿に盛ることは考えていたけれど、こうして食器を自分で作るという想定をしていなかったので、それなら、これならと次々グラスのデザイン案が浮かんでくる。

そう、確かに浮かんでくるのだが――食べられるのは、シャルロットとエレノアの分で、最大でも二つだけだ。

「よし」

シャルロットは気合を入れてから二つ容器を作り出した。

一つは脚付きのデザートグラス。もう一つは平たい楕円形の皿だ。

そしてまずは脚付きのグラスにひっくり返したプリンを置いた。そして頂点とプリンの周囲に生クリームを絞っていく。それから頂上にイチゴを置く。さらに半分にしたイチゴでプリンの周囲を取り囲む。

(シンプルだけど、それゆえに堂々としてていいんだよね)

プリン本体の黄色とカラメルの焦げ茶色に純白のクリームと真っ赤なイチゴ。食欲をそそる見た目になっているのは間違いなしだ。これこそ大人の贅沢だとシャルロットは感じてしまう。

しかしそれに見惚《みほ》れている暇はない。

次にシャルロットは楕円形の皿にプリンを載せ、いろいろなフルーツを飾り切りしていった。そして溢《あふ》れんばかりのフルーツを載せれば、贅沢な夢のプレートの完成だ。

「お待ちどおさま、エレノアはどっちがいい？」

シャルロットが完成品をエレノアに差し出すと、エレノアは目を見開いた。

「シャルロットは意地悪過ぎるわ！　両方食べたいけど、それだとシャルロットの分がなくなるってことでしょう⁉　どっちにしたらいいのか……どっちにしたらいいの⁉」

「食べられるなら両方でもいいよ。エレノアがいなかったら、このお店もこのメニューもできていないもの。私からの感謝の気持ちよ」

一応一人一つという前提で作ったものの、それは普段エレノアが一つしか食べないからだ。選んでもらえるようにとの前提で自分の分も作ったものの、両方食べられるというなら満足いくまで食べてほしい。

けれどエレノアは大きく首を振った。

「それはダメ！　絶対ダメ！」

「ダメなの？」

「食べられはするけど……でも、本当に美味しく味わうには適量というのがあるの！　それはたぶん、どちらか一つ分だと思うんだけど……！」

そう言いながらエレノアの視線は二つのプリンアラモードを行き来している。

シャルロットは思わず笑った。

「じゃあ、好きな方をどうぞ。たくさん迷っていいよ」

「もう十分迷ってるわよ！　だいたいこのプリンだって単体で美味しいのに……究極の選択ね！」

抗議していたエレノアだが、徐々にプリンに集中し始めたらしく苦言は中途半端に消えていった。

(そういえば、この世界にはカスタードプリンって今までなかったんだよね)

日本では一般的にプリンと言えばカスタードプリンを指すが、語源の『プディング』の元々の意味は蒸し料理の総称だと前世で聞いたことがあった。実際に同じ『プディング』の分類のものであってもクリスマスプディングはケーキのように見えたし、パンと果実を重ねて作るサマープディングも蒸していないのに『プディング』なのかと驚いた。

そしてこの国のプリンはパンプディングを指しているので、プリン液の材料はカスタードプリンに近いもののやっぱり見た目がまったく違う。

オープン時には抹茶プリンも取り入れられたらいいなとシャルロットが思いを馳《は》せていると、エレノアは意を決したようにたくさんフルーツが載っているほうのプリンアラモードをビシッと指さした。ただし、その指先は小刻みに震え、苦渋の決断だったことが窺える。

「こっちに……するわ」

「あ、うん。どうぞ」

「ただ、今すぐ食べたい気持ちはあるけど……霊界に持って帰ってから美味しくいただくわ」

「え？　どうして？」

「精霊の皆に見せてから食べたいの。私が何のために人間界に行っているのか、たぶんこれを一目見たら理解してくれると思うのよ」

エレノアは真剣な顔でそう言っているが、シャルロットは同意しかねた。

いや、そうであればいいと思いはするが、エレノアは仮にも女王である。女王がお菓子のために人間界に行っているというのは、果たして他の精霊たちに理解してもらえるのか、想像がつかない。

しかしそのままエレノアを見送り、シャルロット自身もプリンを堪能した、その翌日。

シャルロットは昨日散々迷っていたエレノアのために、イチゴで飾ったプリンアラモードを用意して召喚術を発動した。

エレノアは呼び出されると同時に、シャルロットにこう言った。

「ねえ、よければ今日も持ち帰りにプリンアラモードを作ってくれない？　皆も熱望しちゃって……ちょっと自慢しようとしただけなのに、それどころじゃなくなったわ」

予想外のお願いをされたシャルロットは驚いたものの、大笑いして了承した。

そしてシャルロットは数日間プリンアラモードを作り続けることになったのだった。

「そういえばシャルロットはフルーツパフェ？　も作るって言ってたわよね？　どんなものなの？」

「んー、それはまた後日。果物を使い過ぎちゃったらお金が足りなくなっちゃうし。でもエレノアに協力してもらって、近々パフェに欠かせないアイスクリームを作るつもりだから、よろしくね」

昨日の会話を思い出したエレノアが、興味津々でシャルロットに尋ねてきた。

前世でいえば十六世紀頃に開発された、硝石《しょうせき》を使った氷菓子の作り方はこの国でも開発されているので、庶民でも氷菓子自体は知っている。しかし硝石を用意するためにはそれなりにお金がかかるため、代用できるのであれば魔力を使用したい。

宮廷料理人は魔術師の協力を得て、より進んだ菓子作りをしていると噂に聞いたことがあり、エレノアの力を借りればシャルロットにも同じことができるはずだ。

それに硝石で作られているのはシャーベットのようなもので、シャルロットが考えているアイスクリームとは違う。

（シャーベットも美味しいけれど、クリーミーなアイスクリームも絶対人気が出ると思うんだよね）

そんなことを考え、思わず表情を緩《ゆる》めてしまったシャルロットにエレノアは胸を張って答えた。

「任せて！　美味しいもののためなら、いくらでもがんばるから!!」

その勢いは頼もしく、改めてよい相棒に恵まれたのだと思わずにはいられなかった。


それからも開店に向けてシャルロットは毎日忙しく準備を続けていたが、想像以上にスムーズに進めることができた。

それは学院時代に飲食店でアルバイトをしていたおかげで、必要なものを揃《そろ》えるのにいい業者を紹介してもらえたからということもある。特に、もうすぐ到着する陶器類に関しては以前勤めていた店と同じ割引率を適用してもらえるようになり感謝が尽きない。最初はお皿のみかと思っていたが、茶器やシュガーポット、ミルクピッチャーなども割引してもらえることになった。さらにはフォークやナイフなどカトラリー類の販売業者も紹介してもらえることになり、こちらもお得意様割引を適用してくれたのはありがたかった。

そしてこれも王都の飲食店としてはあまり一般的ではないのだが、店には観葉植物を置くことにした。田舎育ちのシャルロットとしてはやはり緑があるととても落ち着くし、色彩もきれいだ。生花店の店主からも『今後はほかの飲食店も新しい販路になるかもしれない、素敵なアイデアをありがとう』と思いがけず感謝されてしまった。

ただし皆、シャルロットが『お茶を飲むための店を作る』と言えば心配したようで、生活が苦しくなったときは相談に来るようにと言われてしまった。

（そんなことにはならなければいいなぁ……というより、しちゃだめだよね）

なんせ、開店の出資にはフェリクスの期待も背負っているのだ……などと思いながら、今日のシャルロットはコースターを作製していた。温かいお茶であればカップの下にソーサーを敷けばいいが、冷たい飲み物を出すときにはグラスで提供したいのでコースターが欲しい。そう思いながら作ったこのコースターもまた、これまでこの世界にはなかった、店のオリジナルになるはずのものだ。

（木枠の中に小さなタイルを並べて、魔力でガラスもどきを注いだら透明感たっぷりの綺麗なコースターの完成、っと）

これは販売コーナーを作って売ってもいいのではと思いながら数を仕上げていると、同じようにタイルを並べてコースター作りに取り組んでいたエレノアから「んー」と、長く引っ張るような声が聞こえた。

「ねえ、シャルロット。そろそろ休憩にしない？」

「そうね。ちょっとお茶を淹れましょうか。ちょうど新しいお菓子に合わせた茶葉も仕入れてみたから試飲してみて」

集中していたからだろう、声をかけられるまではシャルロットには自分が疲れているという認識はなかった。しかし一度作業を中断させると、想像以上に身体が固まってしまっていた。

これなら、一度身体をほぐすためにも立ち上がるほうがいいだろうと厨房へ向かったシャルロットは、さっそく今日のおやつを準備した。

今日のメニューはアプリコットとアーモンドのクッキーだ。ドライフルーツのアプリコットとスライスアーモンドを入れたクッキーは甘酸っぱくて香ばしい。そしてお茶には、バラ科のそれらに合うようローズティーを用意した。

「すごくいい香りのお茶ね」

「そうでしょう？　茶葉店で掘り出し物って聞いて試しに買ってみたんだけど、美味しかったらたくさんいただく約束をしてきたの」

「いいわね、気に入ったわ。お客さんも気に入りそう」

「よかった。でも、私のオリジナル茶葉も用意しておきたいから、明日は春集草《しゅんしゅうそう》を森まで摘みに行こうと思うの。コマメエンドウもそろそろ時期かなって思うんだけど」

春集草はレヴィ村付近ではほとんど見られないが、王都周辺にはよく自生している薬草だ。他のものに比べて温度変化に敏感な薬草なので、お茶にするためには急激に温めたり冷ましたりして乾燥させなければ苦味が生じる。当初シャルロットも『栄養価はあるし薬にもなるけど、苦すぎて食べられない』と言われたことがあった。ただ、栄養価が高いなら何らかの方法でお茶にできないかと考えた末、作り上げた逸品である。

そしてコマメエンドウについては気軽に飲める、レヴィ村時代からの懐かしいお茶である。ただしレヴィ村時代と違うのは、最近はヤドク草という別の薬草を加えて作るということだ。これまでのコマメエンドウ茶には香ばしさの中に苦味もあったが、ヤドク草を加えることによってそれが深いコクのように変化する。ちなみにヤドク草は市場でも売っているメジャーなもので、主に鶏の香草焼きなどに使われるため、お茶に混ぜることは基本的にないと聞いている。ただし市販されているものは既に乾燥させたものなので、お茶に加工するには自分で摘みに行くしかない。

「……ねえ、シャルロット。今、明日って言った？」

「え？　うん。ついでに雪解けイチゴも追加収穫しようかなぁって思うんだけど。そろそろ季節が終わっちゃうし」

「明日かぁ……」

「明日だと都合が悪いの？」

いつもならはしゃぐはずのエレノアが悩む様子を見て、シャルロットは首を傾げた。

「明日はいつもより長く霊界にいなきゃいけないかもしれないんだよね」

「お友達とお約束とか？」

「いや、御前会議。サボっても大丈夫かなぁ」

「待って。それ、ちゃんと出席しないと周りが困るやつだよね？」

女王が欠席すれば誰の御前でやっているのかわからなくなるではないか。シャルロットがあきれた調子で言えば、エレノアは目を泳がせた。

「いやあ、精霊の長い一生の中じゃ一回サボるくらい一瞬のことだし、影武者を用意するとか……。それに、採集に行くんでしょう？　私がいないと危ないんじゃない？」

「べつに危ない場所でもないし、大丈夫だよ」

確かにエレノアがそばにいなければシャルロットは様々な術を使うことはできない。しかし、シャルロットは幼少期から一人で採集に出かけていた。危ない場所には近づかないという野性的な感覚は身に付けている。

「本当に大丈夫？」

「大丈夫だって。実際、採集のときにあの森で魔獣に遭ったことってないでしょ？」

学院時代でも自分たちで討伐依頼を受けたときを除けば魔獣に遭遇したことはない。

それもこれも騎士団による定期的な討伐と、依頼を受ける協力者たちのお陰だ。もっとも、それを告げてもエレノアは口をへの字に曲げているのだが。

「エレノアもお仕事頑張って。採集したての材料で美味しいお菓子を焼いてあげるから」

「それはいいんだけど……シャルロット、あなた私のこと子供扱いしていない？」

「してない、してない」

ただし大人だという前提で話をしているわけではなく『エレノア』という前提で話をしてはいるけれど、一応嘘は言っていない。保護者ぶることもあるエレノアだが、シャルロットの中では大切な悪友といった存在だ。

「もう、適当な返事なんだから。でも、お菓子は期待しているからね」

「はいはい」

「はいは一度で大丈夫！」

「はーい」

エレノアの言葉にシャルロットは笑った。

納得してもらえたわけではなさそうだが、エレノアへのお土産のためにも明日は収穫なしにならないよう、しっかり探索しなければいけないと強く思った。

翌日、シャルロットは王都近くの森に向かった。

王都の一番外側の城門から森の入り口までは徒歩で約一時間だ。そこそこ距離はあるが、幼い頃から森に囲まれて育ったシャルロットにとっては散歩の感覚程度でしかない。

「さて、到着。いい収穫になることを願いますか」

そう言いながらシャルロットは地図を取り出した。

この森は学院時代から何度も来ているだけあって、お手製の薬草分布図も書き込みがびっしりだ。一応はどこに何があるか記憶しているが、この森以外にもあちらこちらに採集に出かけているため、忘れていたら悲しくなるので確認は毎度行う。

「えーっと……とりあえず今日は東側だね」

シャルロットの今日の主な目的は昨日考えていた薬草たちだが、そのほかにも見つければ持って帰りたい薬草はある。

まず一つ目は『モモギ』という薬草を得ることだ。

モモギはヨモギにとても似た形の植物なのだが、ヨモギと違って薄桃色をしている。初めて見たとき、シャルロットは『食べられるのかな?』と疑問を抱いたが、この世界の神話時代から登場するほど由緒正しい薬草であるらしい。ただし、どこにでもあるのであえて市場に出回ることもない。

「どこにでもあるけど、森の中のものが一番新鮮で美味しく使えるんだよね。年中摘めるけど、春先のものが一番苦みも少ないからお菓子には特にいいし」

逆に茶葉として使うのなら花が咲く前の初夏が最適なのだが、ほかの季節でも十分美味しいうえに、ピンク色の彩りはぜひ取り揃えておきたい貴重な色合いだ。

モモギ茶の茶請けにモモギ入りスコーンを組み合わせれば、なお季節が表現できて目でも春を楽しめるだろう。

「新芽を茹《ゆ》でておけば、冷凍保存もできるし。まぁ、魔力もけっこう消費するけど、どうせ雪解けイチゴも冷凍するから誤差の範囲……だと思っておこう」

野イチゴの一種の雪解けイチゴは、酸味と甘みが絶妙な具合でマッチしている。

人の手では栽培できないとされている種類であることから、これを手に入れるには自分で森に向かうしかない。

それから、可能であれば東側の一部で咲き乱れているはずの菜の花の様子も見に行きたい。

日本でも食用として親しまれているこの花は、この世界にもよく似た姿で存在している。

さすがに今日摘んだものを開店予定日まで保存することは難しいものの、天ぷらやおひたしなどにして、自分の食卓を彩ることはできる。

そんなことを考えながら森を突き進んだシャルロットであったが、収穫は思いのほか順調だった。

モモギの質はいつもより高く、さらに新たな雪解けイチゴの群生地も見つけ、大量の果実を収穫することもできた。

「……どうせなら、もっと大きな籠を持ってくればよかった」

すでに限界近くになってしまった籠を背負いながら、シャルロットは菜の花畑までやってきた。

菜の花はもう籠に入らないことが予想できるので、せいぜい自分が手に持てるだけの量しか摘めないだろう。しかし、もともと自分が食べる量だけ摘むつもりだったので特に問題はない。

「せっかくだから、景色は満喫させてもらおう」

そう言いながら、シャルロットは近くにあった手頃な岩に腰をおろし、肩に下げていたカバンから昼食を取り出した。

今日のシャルロットの昼食はカスクートだ。バゲットに薬草をまぶして焼いたベーコンと、つぶした卵をマヨネーズで和えたものを挟んでいる。

「お昼も美味しいし、準備も上々。お店もうまく営業しないといけないんだけど……もう一つ、何か驚かせられるもの……お客さんの興味を惹《ひ》くものが欲しいんだけどな」

喫茶店そのものが王都にないスタイルの飲食店とはいえ、一度知ってもらえればリピーターも確保できると信じている。が、訳がわからない店を開くというのは、その一度目を訪問すること自体のハードルが高いことも理解していた。

「とりあえず宣伝は試飲やチラシかなと思うけど……あとは何があるかなぁ」

カスクートを食べながら考えていたとき、シャルロットはふと一つのお茶の形式を思い出した。この世界ではまだ見たことがなく、かつ、まだ自分でも試したことのないお茶の淹れ方が一つある。

（でも、あれって……もしかしたら、エレノアと協力すればできるかも……？）

新メニューを思い立ったシャルロットは急いで昼食を食べ終え、いくつか菜の花を摘んだあとは帰路を急いだ。

そして帰宅後、薬草に必要な処理を一通り施《ほどこ》してからエレノアを迎えるためのお茶とお菓子の準備に励んだ。作ったお菓子は四号サイズの雪解けイチゴのタルトだ。たっぷりとカスタードクリームを塗ってからイチゴを並べれば、とても美味しそうな一品の完成だ。

「よし、これで大丈夫」

お茶には今日摘んだばかりのモモギを使ってもよいのだが、モモギは天日干しをせずに生のまま使うと少し青臭い味が残ってしまう。それなら、仕入れておいた紅茶のほうがよく合うに違いない。少し待てば美味しくなるものを我慢せずに早く食べるということが、シャルロットにはどうにもできなかった。

お茶の準備も終わらせたシャルロットは床に召喚陣を描いた布を敷き、その上に小さなテーブルとお菓子類を置く。

そしていつも通り召喚しようとした……はずだったのだが。

シャルロットが自ら召喚の道を開く前に、陣が急に光りだした。

「ちょ、なに？」

あまりの眩《まぶ》しさにシャルロットは腕で自分の目を覆った。

その後、光はすぐに収まった。

そして腕を目から外したシャルロットが見たのは……。

「……ね、こ？　え、猫だよね……？」

記憶にある範囲では、たしかに猫と呼べる形をした生物だった。

しかしそれを理解してもなおシャルロットが疑問形で口にしたのは、そのサイズが原因だった。

目の前の生き物はまったく獰猛《どうもう》そうには見えないし、むしろ動きも非常に遅そうに見えるのだが、サイズはどう見ても大型犬くらいあり、通常の猫ではありえない。

ネコ科ではあるだろうが、『何か違う』とシャルロットが思ってしまうのも無理がないくらい、大きかった。

第六話　オオネコと召喚師

（うん、やっぱりこんなサイズの猫は見たことがないし、普通の猫じゃないことはわかる）
だいたいサイズ以前の問題として、なぜこの場に急に現れたのかもわからない。
召喚術を使用したところに現れたのだから、きっと召喚獣ではないかとは思うのだが……今まで
シャルロットはエレノアを呼ぼうとしてほかの誰かを呼んだことなんて、一度もない。
（でも、どうしよう）
果たして人外の存在に対して言葉は通じるのだろうか？
サイズはともかく、エレノアは人間に近い見た目だったことからそのような懸念は抱かなかった。
しかし目の前にいるのは猫の姿をした存在だ。
（魔術とか召喚術とか、前世じゃ考えられなかったこともいろいろ経験したけど……さすがに喋る
動物は見たことないんだよね）
もちろん知らないだけなのかもしれないが、王都での生活を通しても見たことがないのだから、
おそらく普通には存在していないはずだ。
しかし霊界の住人ならば話も通じるのだろうかなどと様々なことを考えていると、シャルロット
の耳に突然気が抜けるような大きな音が響いた。
それは、どう考えても巨大な腹の虫が鳴いた音だった。

Welcome to the healing Mofu Cafe!

「……猫のお腹も鳴るものなんだ」

知らなかった情報を一つ脳内に書き加えながら、シャルロットは少し迷った。

この雪解けイチゴのタルトを猫にあげることは構わない。しかし猫を飼ったことがないシャルロットは、猫のNG食品がわからない。これは猫が食べてよいものなのか、悪いものなのか。好意が逆に危険なことを引き起こしては大変だ。

『そ、そこの召喚師殿………よければ、その、食べ物を……恵んで……くれぬ、か……』

「うわっ⁉」

『すま、ぬ、突然の声、驚かせ、たな……』

謎の渋い声に驚いたシャルロットだが、それが猫から発せられている声だと知ってさらに驚いた。しかも、それは通常の声という概念とは少し違う。どちらかというと頭に直接響いているような音で、副音声として「にゃー、みゃー」と普通の猫の鳴き声が聞こえているような雰囲気だ。

『すま、ぬ、召喚師殿……食事、いただける……だろう、か……。人の、食する者は、魔力があると、聞いている』

「あ、えっと……人間の食べ物を食べて大丈夫ですか？」

『我は、幻獣。問題、ない。人が食するもので、無理なものは、ない』

今にも力尽きそうな声だが、猫のタルトへと向ける視線は熱い。

（幻獣は初めて見るけれど……召喚陣から現れたし、本物……だよね？）

シャルロットとしてはエレノアを呼んだつもりであったから、本当に本物の幻獣なのか、どこか実感が湧かなかった。

（幻獣は魔獣と同様に、一般的な獣が持つことがないような力を持つ異界の獣だけれど、破壊衝動以外の思考が極端に薄い魔獣とは異なり、知性があり、力も相対的に魔獣よりも強い生命体……って、習ってはいるけれど……）

ただし彼の様子を見る限り、今必要とされていることは考察ではなく、食事である。

「タルトは食べても大丈夫だよ。ほかのものでよければ、お代わりも用意するから」

『す、まぬな……』

「いえいえ、お気になさらず」

むしろここまで空腹を訴えている猫を拒否できる人間がいるのか、シャルロットには疑問だ。

シャルロットはテーブルの上にあったケーキを、床に伏している猫の前に置きなおした。

「紅茶も飲むかな……？　飲めるなら、浅いお皿のほうが飲みやすいよね？」

『面倒を、かける』

「いえいえ、気にしないで。……いっそ、ミルクのほうがいい？」

なんでも飲むなら、そのほうがいいかもしれない。

猫舌という言葉もあるくらいだから――などとシャルロットが考えていた目の前で、猫はタルトの上にある、ナパージュされたイチゴを一つだけ口にして、全身を震えさせた。

『ひ、久しぶりの……この、食事……！　しかも、この甘さは……なんたる幸福……！』

「だ、大丈夫？」

『す、すまん……。これほどの、魔力が籠った食べ物は久しぶりで、一気に力が回復するようだ』

そうして感動している猫に、シャルロットは少し笑ってしまった。

この世界では、自然界の植物に魔力が含まれているものも少なくはない。魔力の保有者もそれらを食べれば、消費した魔力を回復するのが早くなる。

ただし魔力を保有することができない者にとって、それらは何らよい作用をもたらすわけではなく単なる食品でしかないため、一般的には意識されるものではないのだが。

「季節のものには魔力が多く宿るってエレノアからも聞いていたけど、せっかくだからたくさん食べてね。その大きな身体じゃ、一粒だけじゃ足りないでしょう？」

そうは言いつつも、この猫が満腹になるほどの食事が用意できるのかシャルロットは若干不安だったが、猫は案外小食だった。

タルトを食べ切った後、追加でシャルロットが用意した小皿の紅茶とミルクを両方なめ終えると深々と頭を下げた。

『召喚師殿、心からお礼申し上げる。本当に、どうしようもない空腹に襲われ……このままでは、消滅してしまうと考えていたところじゃった』

「……そんな重大な局面だったの？」

『ああ……死ぬか生きるかの、瀬戸際じゃった』

そして猫は前足をそろえ、涙ながらに自分の境遇を語り始めた。

『我は、霊界でも占いに特化した〝オオネコ〟という種族に生まれたのじゃが……我にはその占う力がなく、霊界で仕事にもつけず、消滅しそうになっていた』

「えっと……どのくらい食べてなかったの？」

『約二百年ほど、だったか……？』

「にひゃく……。それはすごく長い断食だね」

つまりこのオオネコも二百歳以上ということだ。喋り方は古臭くとも、その見た目からは想像しがたい。

しかしオオネコはシャルロットの驚きを気にすることなく言葉を続けた。

『昔は、我にもいつか力が目覚めるはずだと仲間が魔力を分けてくれていたが、いつしか我は魔力の無駄食らいだと言われていた。現に、その通りであるという自覚はあったが……空腹が限界を超え消滅しそうになったとき、そなたがこしらえた召喚の道を見た。その瞬間、飛び込んだというわけじゃ』

「そんなことがあったんだね」

『本当に命拾いをした。そなたには感謝してもしきれぬ』

「その、そこまで喜んでもらえたならこっちも嬉しいよ」

実際は単にエレノアを呼ぼうとしていただけで、人助け、もとい猫助けをするつもりではなかった。だから、あまりに感謝されるのはシャルロットとしてもどこか申し訳なく思う。

しかし、だ。

「ねえ、きみってこのまま霊界に戻ったら、またお腹がすくことになるんだよね？」

今の話を聞く限り、魔力補充ができても再び霊界に戻れば同じことになるだろう。

オオネコはその問いに無言をもって肯定をした。

『……できることなら、我はこのままそなたと契約したい。そうなれば、我はここにいるだけでもそなたから魔力を譲り受けられる。ただ……我は、何の役に立つこともできぬ、ただただその魔力をかすめ取るだけの存在となる。望むことは失礼だ』

「うーん、私の魔力を追加で消費することになっても、特にそれは問題ないと思うよ。エレノア……光の精霊女王もよく来ているけれど、特に大変だと思ったことはないし。一人くらい増えても平気じゃないかな」

『光の精霊女王⁉』

「うん」

『……我は、女王の足元にも及ばないどころか、本当に能力がない存在じゃ。契約をしてほしいと願うものの、与えられる対価がない。精霊女王と契約できるような者にとって、我は見劣りすることと甚《はなは》だしいだろう。しかし、何卒《なにとぞ》、何卒願いを聞き届けてはくれまいか』

オオネコの声は切実だった。

『もし契約が無理でも送還をしないでいただきたい。この世界では野山の野草を取っても構わぬものだと、以前に聞いたことがある。霊界であれば、罪になることであるが――それが叶うのであれば、我はこの世界に留まりたい。そして、野山で暮らしたい』

「ええっと……それって、魔力はもつの？」

『契約なくこの世界に留まるには、我も魔力を消費する。しかし、先程の〝たると〟の果実のように、この世界は草花からも魔力を得られる。綱渡りでも、生き長らえることはできる』

先にタルトを食べることを了承した時点で、シャルロットとしては契約することに何の問題も感じていない。

（でも、ただ一方的に私が施しを与えてるってこの子が感じるなら、この子はずっと後ろめたい思

いをするよね）

　しかし、シャルロットには既にオオネコが活躍できる方法が思い浮かんでいる。だから、一方的に施すという関係になるつもりなどまったくない。

　オオネコはその愛らしい姿を見せてくれるだけでシャルロットを癒す力を持っている。それなら、その力を使って働いてもらえれば、きっとオオネコの自信にもつながるのではないだろうか？

「ねえ、オオネコさん。私から一つ提案があるんだけど……」

『提案、とな……？』

「ええ。もしきみさえよかったら、私のお店で働いてみない？」

　そう言ったシャルロットは、オオネコの大きな右前足を両手で握った。

　そのことにオオネコは驚いた様子だったが、シャルロットはそのまま言葉を続けた。

「私にはきみにしてほしいお仕事があるの。協力してくれるなら、私はきみと喜んで契約するし、お菓子や寝床を提供できるよ」

『それは、どういう仕事なのだ……？』

　シャルロットの勢いに押されつつオオネコも真剣だった。

　シャルロットは笑顔で答える。

「接客業をしてほしいの。頼めないかな？」

　最初はオオネコも驚いて、質問されていることにも気づかないほどの様子であったが、シャルロットに肉球を揉まれているうちに我に返ったようだった。

『セッキャク……といったか？』

「ええ」

『セッキャクとはどのようなことをする仕事なのだ？　我も少しはこの世界の話を聞いたことがあるが、詳しいことは知らぬ。セッキャクの仕事というのは、一体何なのだ』

「えーっとね……きみには、営業時間中、ここにお茶を飲みにやってきたお客さんたちをもてなしてほしいと思っているの。具体的にはお客さんに撫でられたり、たまに返事をしたりすることになるんじゃないかな」

『そ、それが仕事になるのか？』

「なる。でも、私じゃできない。きみにこそお願いしたいお仕事なの」

古今東西、猫とは人々を魅了《みりょう》してやまない、愛くるしい生物だ。

西洋では人は新石器時代より猫と共に暮らしていたという説があるほどだ。

そしてこの世界でも飼い猫は存在し、随所で人気を集めている。

（猫カフェ……それもこの子みたいなサイズの猫なら、十分すぎるほどのインパクトだよ……！）

そうなれば喫茶店という存在だけではなく、珍しい大きな猫と触れ合うことを目的として訪れる人も現れることだろう。

喫茶店というものが何か、その概念を持っていない人たちにとっては『珍しい猫がいる』というのはとてもわかりやすい店の特徴になるかもしれない。そのうえ、これならばオオネコが一方的に契約を願うというかたちにはならず、お互いの利害が一致した話となる。

しかしオオネコはうろたえた。

『そなたが作った道を通ったから、我はそなたに言葉を伝えることができている。だが、他者には我の言葉は聞こえぬぞ？　それでも、接客というのはできることか？』

「大丈夫よ。問題ないわ。きみがお話を聞くだけで、きっとみんなは喜んでくれるから」

『本当か？』

「私に二言《にごん》はありません！　ということで、どうかな？　私はあなたが来てくれたら嬉しいよ」

『それは……我は少し恥ずかしいが、我に触れたいと思うものたちを拒否することはない』

そうは言っても、まだオオネコは不安げだった。

シャルロットはそんなオオネコをじっと見る。しばらく無言の時間が続いたものの、やがて先に視線を逸らしたのはオオネコのほうだった。

『そなたが、嘘を言っているようには見えぬ。ただ、本当にそんな仕事が実現できるのか我にはまだ信じられぬ。それでも……もとより我は何も持ち合わせておらぬ身。そなたの言葉に従うのが、正解なのだろう』

「じゃあ、一緒に働いてくれる？」

『ああ。ただ、過度な期待はしないでほしい』

オオネコは少し困ったような仕草を見せたが、シャルロットの気持ちは見る見るうちに高ぶった。

これで、人がお店に興味を持つきっかけは用意できたはずだ。

そうなれば残りはシャルロットの『喫茶店』としての評価が問われるようになるわけで、より気合を入れていかねばと意気込みもする。

「じゃあ、よろしく。さっそくだけど契約しようか」

『それはありがたいが……仮の期間も置かずに契約して、本当にかまわぬのか？　我が接客で役に立つと立証してからでも遅くはないぞ』

困惑するオオネコを見て、シャルロットは微笑んだ。

「いや、その責任感は嬉しいけど。もし接客業が合わなかったら、別のお仕事をお願いすることにしたらいいだけだし。ちゃんとご飯は用意するから安心して」

『別の仕事？　それはどのようなことだ？』

「例えば……そうだねぇ、私はただ単に一緒にご飯を食べてくれるとか、お昼寝してくれるとかでもいいと思うんだ」

向き不向きはどうしようもないことであるし、それればかりはやってみなければわからない。

それに、このオオネコの謙虚な性格ならエレノアと三人でいても楽しくやっていけるとも思う。

「あはは……誉め言葉だと受け取っておくね。ところで契約するために、きみの名前を聞きたいんだけど……。あ、私はシャルロット。シャルロット・アリスだよ」

『……召喚師殿は、実に変わった人物だな』

「真面目に考えてくれてありがとう」

『我は……低位の存在ゆえ、まだ名前を持たぬ身だ。好きに名付けられよ』

「え。いいの？」

思いがけない申し出にシャルロットは少し迷った。

シャルロットは前世を合わせても名付けなどしたことがない。

（でも、付けるならたくさん幸せが集まるような、そんな名前にしてあげたいな）

ここにくるまで、オオネコは大変な思いをしてきている。それなら、今後は今までの分を取り返せるほど幸せな毎日を送ってほしい。

その願いを込められる名前は――。

「じゃあ……マネキはどうかな?」

『マネキ、とな?』

「ずーっと遠い国では、招き猫っていう幸せを呼び寄せる猫が崇《あが》められているんだよ。だから、それにあやかろうと思うんだけど……どうかな?」

この国では少し変わった響きになるが、そもそもオオネコもこの世界の住民ではない。

(さて、反応はどうかな……?)

そう思いながらシャルロットが反応を窺うと、オオネコは目を大きく見開いていた。

『我が主《マスター》。我はマネキの名に恥じぬ働きができるよう、誠心誠意努めさせていただく』

「……いや、その、そんなにかしこまらなくても」

『これはケジメだ。何も持たぬ我と契約を結んでくれた、主へのケジメなのだ』

しかし口では堅苦しいことを言っているマネキも、そのしっぽは盛大にぶんぶんと振られていた。

(すごく喜んでくれてるのは、よくわかるかも)

こうして嬉しそうにしっぽを振るのは犬系の動物のみだと思っていたが、どうもそうではないらしい。

「とりあえず、うちの従業員第一号だね。よろしく」

その後、シャルロットはエレノアを呼ぶための用意をし直した。

再度召喚した際にマネキを紹介すると、エレノアからは『私が従業員第一号じゃないの⁉』というクレームを受けたので、急遽《きゅうきょ》彼女には『エレノアはチーフだから！　主任‼　リーダー‼』と言って誤魔化そうとしたところ、意外にもすぐ納得してもらえた。どうやら、役職付きで一番目なので別カウントだという納得の仕方をしたらしい。

（というか、エレノアは女王陛下なのに働きたいのか）

てっきりオーナー的な立場になるつもりだと思っていたのに、思いのほか現場でのやる気を滾《たぎ》らせているエレノアを見て、シャルロットは頼もしい相棒だと思ってしまった。

第七話　そして、開店へ

待ちに待った陶器の茶器が届いた日、シャルロットはメニュー表を作成していた。

こちらの世界にあるメニューはほとんど文字ばかりなのだが、なにぶんシャルロットのパフェやプリンアラモードは文字だけではイメージがしづらい。だからそれらを含め、王都で珍しいメニューには極力絵による解説を入れようと試みた。

「ねえ、シャルロット。これは何の絵を描いてるの？」

「カステラっていうケーキの一種よ。エレノアも好きだと思う」

「あら、それは楽しみね」

カステラは日本で独自の進化を遂げた和菓子であり、この世界にはなかった菓子でもある。ハンドミキサーがなければ生地がもったりとするまで卵黄と卵白を共立てで混ぜるのは疲れる作業ではあるのだが、幸いなことに光の精霊女王であるエレノアの力が大活躍してくれた。

少し値は張ったものの泡立て器を一つ作製すれば、エレノアに風の力を借りて手を使わずにかき回す電動泡立て器もどきの完成だ。この力に気づいたおかげで、卵白からメレンゲを作るときもずいぶん楽になった。

（薬草茶には緑茶みたいな雰囲気のものも多いから、カステラってけっこう合うんだよねぇ）

他には薬草を混ぜた米粉団子も用意した。これは白玉団子の代わりに抹茶パフェにでも入れてみようかと考えている。もちもちした食感の食べ物が少ないこの世界で、どう受け止められるか未知数なので、まずは小さいサイズを入れて反応を見てみたい。

「美味しそう。試食は任せてね？　私、リーダーなんでしょう？」

堂々と強く言い切るエレノアに、シャルロットは苦笑した。

ほかにもメレンゲの性質を利用したふわしゅわパンケーキに季節のソースをかけたものなども考えていると伝えたら、きっと彼女は大喜びで楽しみにするだろう。

「そうだ、エレノア。私、ミルクをすごく細かい粒で泡立てたいんだけど……手伝ってくれる？」

「ミルクを？　たぶんできるけど、どうして？」

「面白いものを作りたいの。すぐミルクを温めるから、付き合ってくれる？」

疑問を浮かべるエレノアの前で、シャルロットは膜が張らないように気を付けながら牛乳を温めた後、ミルクピッチャーに移した。

そして次に用意したのは、ハンディータイプのミルクフォーマーもどきだ。棒の先にあるコイル状の針金が高速で回転すると、きめ細かい泡ができる。そこからだいたい、牛乳が一・五倍程度のかさになれば完成だ。

「これもお菓子にするのかしら？」

「近いけど違うよ。……ところで、こっちは少し濃い目に淹れた抹茶なの」

シャルロットはミルクを温めるときに、並行して用意していた抹茶をエレノアに見せた。

実は他にも薬草を挽いたお茶も作っているが、今日はひとまず抹茶を選んでいる。

シャルロットはまず、四十五度程度に傾けた抹茶が入ったカップに静かに牛乳を注いでいく。

水面がカップ半分の高さまできたときに、ピッチャーを近づけて残りの牛乳を落とすようにゆっくりと入れた。その過程でカップを揺らし、抹茶の水面にハート型を描く。

「カップの中に絵……？　面白いわね！」

「でしょう？　ハートを三連にしたり、ピックで絵を描いてもいいんだけど……あんまり絵は得意じゃないから、あとやってみるとしたら文字かな。カップじゃなくてグラスに入れて、薬草茶とミルクの二層にしても綺麗なんだよ」

「いいわね。ねぇ、私の名前も書いてみてくれる？」

「もちろん」

そしてシャルロットは新たに淹れたお茶に牛乳を入れ、ピックでエレノアと書いた。

白のキャンバスに緑の文字はよく映える。そして、それを見ていてふと気がついた。

「ねぇ、エレノア。霊界にも精霊特有の文字ってあるのかしら」

「もちろんあるわ」

「それをここに書くことって、できそうかな？」

「ええ。なんなら、対照表でも作りましょうか？　表音文字だから、この世界の文字にあてはめることはできるわよ」

「助かる！　精霊文字のラテアートとか、すごく魅力的だと思うんだよね」

そう言うと、エレノアも満足そうだった。

さすが精霊女王、種族の誇りはやはり強い。

「とりあえず、明後日《あさって》にチラシと試飲のお茶を持ち歩いて宣伝する予定なのよね？」

「うん。そのうえで、このチラシを持参してくれたらクッキーをサービスしようかなぁって」

「いいんじゃない？　お客さん、たくさん来るといいわね」

「うん。エレノアも配膳係をよろしくね。あと、マネキが緊張していたらリラックスさせてあげてくれると助かる」

「任せなさい。なんたって私はリーダーなんだから！」

自信満々に言うエレノアを見て、シャルロットはよほどその響きが気に入ったのだろうなと思ってしまった。


そしてお店の宣伝をする当日。

シャルロットは公園や中央通りで人間サイズになったエレノア、それから蝶ネクタイでおめかしをしたマネキと共にチラシを配った。チラシと共に魔力で作った小さな一口グラスに入れたお茶を配ったところ、試飲してくれたお客さんの反応は上々だった。

（怪しまれることがないのは、マネキのお陰かも）

チラシはともかく、試飲について初めは多少の不安もあった。

なにせ王都に試飲という文化は根付いていない。

しかしマネキを珍しく見ていた人に『撫でてみますか？』からの『実はお茶のお店を開くんです』からの『こういうものをお出しするので試しにどうぞ』の三連コンボで上手く誘導できたのは

大きかった。

しかしその帰り道、マネキはどこか落ち着きがないようだった。

「どうしたの？　何か気になることがあったの？」

もしかして疲れてしまったのだろうか？　それなら、早めに寝床の用意を整えてあげたほうがいいだろう。

けれどシャルロットが尋ねてもマネキは言い淀《よど》んでいた。

(考えをまとめてるみたいだから、何か言いたいことがあるんだろうな)

シャルロットは急かさず、歩きながらマネキが口を開くのを待った。

しばらくすると、マネキは恐る恐るといった調子でシャルロットに問いかけた。

『我が主よ、今日の我はちゃんと働けていたのか……？』

「え？　うん、とっても！　やっぱりマネキは人気者になるんだって思ったよ」

予想外の質問にシャルロットは目を瞬かせたが、今日はマネキにとっては初仕事となる日だ。

前もって接客の練習を重ねていたおかげで、シャルロットから見て本番も何一つ問題なくこなしてくれていた……というより、むしろ想像以上に愛嬌《あいきょう》を振りまいてくれていたのだが、それでもマネキにとっては初めての本番で不安もあったのだろう。

「マネキの接客は私よりも上手。もう百点満点だったよ」

『そ、それはさすがに言い過ぎだ。我が我が主を超えるなど……』

「ほんとほんと。私もマネキに接客されたいよ。帰ったら、たくさん撫でてもいいかな？　あと、肉球も……ちょっと、揉んでもかまわないかな？」

マネキの毛触りはとても上質だ。ふわふわとして温かくて、抱きしめるともう最高としか言いようがない。最初に出会ったときは少し汚れていたものの、綺麗に洗い流してブラッシングをしてからは最高の毛並みを保持し続けている。

『撫でてもらえる……？　そ、それは歓迎だが……我が主はお疲れではないのか？』

「疲れてるからこそ癒してほしいの。お礼にお菓子作るから、お願い」

『わ、わかった』

おそらく、マネキ自身にはシャルロットの希望はあまり伝わっていないと思う。

しかし、マネキも撫でられることを歓迎してくれているのであれば問題はないだろう。

（今はあんまり伝わってないかもしれないけど、お互いに嬉しいなら問題ないし、いつか伝わったらそれでいいかな）

マネキの存在がお客さんに喜ばれることは、シャルロットだって嬉しいのだ。

（でも、開店まであと五日か）

店に戻ってマネキから元気をもらったあとは、最終チェックに勤《いそ》しまなければとシャルロットは気合を入れなおした。

そうしているうちに迎えたアリス喫茶店の開店日。

シャルロットは深呼吸をしてから店のドアを開けた。

目に飛び込んできたのは、すでに店の前で開店を待っている人たちの姿だった。

（あのお客さん、チラシを受け取ってくれた人だ。あっちの人はマネキを撫でてた人かも！）

シャルロットとしては店が開いてから徐々に人が集まってくれればいいと思っていたので、すでに待ってくれている人がいるというのは想定していなかった。

嬉しい誤算で宣伝が無事結果を出していたことにシャルロットは嬉しくなったが、喜ぶのはまだ早い。なにせ、今からが本番なのだ。

そう思いながら、シャルロットは深く息を吸い込んだ。

「いらっしゃいませ！　お待たせしました。アリス喫茶店、本日より営業いたします！」

そうして、まずは笑顔で客を出迎えた。

一気に店の中が満員になるというわけではなかったが、シャルロットの予想を上回る人出には感謝しかない。

「珍しいメニューね。図解があるなんて」

「これはどんな味がするのかしら。とても興味があるわ」

「ねえ、精霊文字って書いてあるわ！　私の名前をお茶に描いてもらえるの⁉」

「ねえねえ、あのマネキちゃんもいるわ。順番に挨拶に来てくれてる！　はやくこちらにも来てくれないかしら」

驚く客たちのテーブルにシャルロットとエレノアが順番に回っていく。

「あの、すみません。ドリンクとスイーツを一緒に頼んだら割引って、間違いじゃないですよね？」

「はい。セット割引ですよ」

その質問はシャルロットにとっては意外なものだったが、確かに王都でセット割引なるものが実施されている場面に遭遇したことはない。シャルロットの返答に客は歓声を上げた。

「こっちのケーキも気になるけど、こっちのパフェっていうのも気になる……！」

「このカスタードプリンっていうのも不思議な響きね。でも、すごく美味しそう」

そうして悩んでくれているのはとてもありがたい。シャルロットは顔がにやけるのを抑えながら、

「あとでご注文を伺いに来ますね」と言ってから一旦その場を離れた。

厨房に戻ると、すでに注文を聞き終えたエレノアがシャルロットに注文伝票を渡した。

「がんばれシャルロット」

注文は本来エレノアが使わない、この国の言葉で書かれていた。

エレノアから練習しているとは聞いていたが、それはあまりに達筆《たっぴつ》で、もはやどこぞの令嬢が書いたといっても差し支えのない文字だった。

(こんなに練習してくれてたんだ)

それを見たシャルロットはさらに気合を入れ直した。

「よし、どんどん作るよ！　よろしく！」

その後、次々と客が増えたおかげでその日は休む間もないほどの忙しさだった。

それは来店した人々が友人等に店のことを話してくれたことで、口コミを通じてさらに新たな客がやってくるといった好循環が発生したことが原因だ。おかげで閉店時間を若干延長せざるを得なくなったくらいの盛況ぶりだった。

中には当初チラシ特典のクッキーのみ受け取って帰る予定だった客が、盛況な店内で珍しいものを食べている、飲んでいる客を見て思わず注文してしまう、といった様子も見られた。

もちろんそれだけ賑わっているのであれば、待ち時間が長くなるときもある。しかし、その待ち時間の合間にも、マネキが客を飽きさせないようサービス精神を発揮《はっき》し大活躍してくれた。なにせマネキには見ているだけで人を魅了する癒しの力……もふもふ、ふわふわの毛皮がある。身体を撫でることができるサービスや、直接マネキにお菓子をあげるという体験で楽しんでもらえたのだ。客からもらったお菓子については、マネキも魔力を補充できてとても喜んでいた。

それに加えて、並んでいる人たちへサービスとしてお菓子を振る舞ったおかげで、苦情には発展せずシャルロットも胸をなでおろした。

「美味しかったよ」

「また来るわ」

「今度はマネキちゃんにお土産を持ってきてもいいですか？」

「ここの薬草茶、茶葉を販売する予定はないのかな？」

「お持ち帰りのメニューってないの？」

口々に感想を述べられ、シャルロットはそれぞれに感謝を伝えた。

そして閉店し、賄《まかな》いを振る舞い終えた後。

シャルロットは本日の売り上げを数えながら、上機嫌でカステラを頬張るエレノアに話しかけていた。

「……今後テイクアウトのメニューを導入するっていうのもなくはないんだけど、それだと私の手が回らなくなると思うのよね。容器の問題もあるし」

「まあ、それはいずれでいいんじゃない？　このまま繁盛すれば人だって雇えるだろうし。容器はともかく、人手の問題ならこっちに来たいって言う精霊を何人かスカウトしてくるわよ？　みんな私のこと羨んでいるから」

「うーん、それも申し訳ないんだけど」

「申し訳ないことはないわよ。むしろ、自分を売り込むタイミングを狙っている精霊は多いから」

「……冗談だよね？」

　確かにいまだプリンアラモードブームは精霊たちの間で続いているようで、今日もエレノアには持って帰ってもらうが、精霊に売り込まれるというのは一般人が聞いたら卒倒しそうなことだとシャルロットは思う。

「本当よ。きっと今頃、こっちの文字や言葉を覚えようと必死なはずだわ」

　それはありがたいのだが、その熱意には思わず気圧《けお》されてしまう。

（ダメダメ、期待されているんだから怖気《おじけ》づくのはダメ！　ゆくゆくは精霊さんたちも雇えるように、これから頑張ろう！）

　報酬がプリンでいいのであればすぐに雇えるところではあるが、仲の良いエレノアならともかくほかの精霊となればシャルロットも気を遣う。本人たちがいらないといっても、ある程度報酬をしっかり払えるようになってからでなければ雇えない。人間の世界のお金も、霊界では使えないが、こちらの世界では使えるのだ。プリンに興味を持つ精霊であれば、ほかのものにも興味を持つかもしれない。

（がんばろう！）

そして、シャルロットは現金を数え終え、帳簿をつけた。

「シャルロットも、それ終わったら早く寝なさいよ。明日も早いんでしょ？」

「うん。ありがとう」

確かに明日も朝は早い。

マネキやエレノアには心からの御馳走《ごちそう》を振る舞い、早々に眠りについた。


翌日以降も、アリス喫茶店は順調だった。

それは噂を聞いた新しい客のほか、リピーターとなった客のおかげでもある。

「おはよう、シャルロットちゃん。抹茶ラテとロールケーキをお願いね」

開店一番、そう言いながら窓際の席に向かったのは常連となった女性の一人だ。彼女は新聞記者の仕事をしているらしいが、いつも同じ環境では記事がまとまらないらしく、気分転換に紙の束とペンを持ってやってくる。

「いらっしゃいませ、マヤさん。今日のロールケーキはプレーンと抹茶とありますけど、どちらになさいます？」

「抹茶のロールケーキ、今日が初めてよね⁉　もちろん、それをいただくわ」

「かしこまりました」

そうしてシャルロットが厨房に戻ろうとすると、マヤは「ああ、ちょっと待って」と呼び止める。

「シャルロットちゃん、インタビューを受けてみる気はない？　なかなか面白い記事になると思うんだけど」

「え、新聞の……ですか？」

「そう。いい宣伝になると思うし、私もシャルロットちゃんのいい反応がもらえたら嬉しいのよねぇ。発想とか、どういう生活を経てこういうのを思いついたとか……そんなのも聞いてみたいわ」

「あはは……。また、落ち着いたら考えさせてください」

マヤの新聞で宣伝というのは興味がないわけではないが、自分の生い立ちまで記事になるのは少々抵抗がある。それは有名人のドキュメンタリーのようで、自分がやるようなものではないという意識があるからだ。

「残念。でも、この人数ならそうよね。もう少し落ち着かないと客が多すぎて大変だろうし。また時期を見て相談するわ」

「ありがとうございます」

円満に話が流せたことにシャルロットはほっとした。

そして次にやってきたのがマネキのファンだ。

「マネキちゃんに会いに来ました！　あの、マネキちゃんが食べられるメニューも一緒に注文したいんですが！」

さらに次の客は甘味目当てだ。

「前に来たときはヨーグルトパフェだったから……今日はプリンアラモードで。ん？　やっぱり、この薬草茶プリンパフェっていうのも気になるから、ちょっと注文を待ってください！」

そうしているうちに、今度は新規の客がやってきたのだが……その客はマネキを見て目を見開いていた。

「すご……本当に生き物？　作り物じゃなくて……？」

「ええっと、席につく前にどんなものがあるのかわからないから、メニューを教えてほしいんだけど……って、図解があるメニューなんですね。へえ……よくわからないけど、美味しそう。席、案内お願いできますか？」

こんな調子で客が途切れることはないものの、エレノアの華麗な客さばきもあって混乱には陥らない。マネキも少し手持ち無沙汰《ぶさた》にしている客がいれば敏感に察して近づいて接客をしてくれるので、待っている人も楽しそうだ。

「お茶もお菓子も美味しいし、軽食もあるし……本当に幸せが詰め込まれたお店よね」

店を出る客からそう言われたのは、シャルロットにとってとても嬉しいことだった。

第八話

森での出会い

それから十日ほどが経過したある日、シャルロットは初めて『定休日』を実施した。

この世界でも一週間は七日であるので、まずは七日に一回の休みと、月に二回の臨時休業を実施する予定である。

ただ、ことと次第によっては休みを増やさなければいけないかもしれないと思っている。

それは予定より繁盛しすぎているがゆえに、『薬草が足りない』という問題を引き起こしてしまいそうなのだ。

「お店で買えるものは調達してもいいんだけど、森で採集したほうが新鮮で味もいいし……品質を下げるくらいならお休みにしなきゃ、かもしれないよね」

そうして唸《うな》るシャルロットにエレノアは首を傾げた。

「採集依頼を受け付けてくれるところはあるのよね？　そこを利用するのは？」

「採算面で考えれば選択肢の一つに入るんだけど、そういうところはこっちが欲しい品質まで考慮してくれないことが多いの。そこ独自の基準では高品質、みたいな」

「難しいのねぇ」

「とはいっても、本当にこのペースでの消費が続いたら、っていう話だしね。だからまず明日は薬草採取に森へ行こうと思っているの」

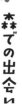

ひとまず送料のことを考えて、緑茶とレヴィ茶はまとめて大量に送ってもらっているので当面の問題はないが、近隣で材料を採ってくればいつでも作れると思っていたお茶のストックを用意することは比較的差し迫った問題である。

「採集予定は薬草だけ？」

「山菜摘みと、果物狩りもできたらやっておきたいかな。『セウユース』の実がそろそろ収穫時期のはずだから」

セウユースはミカンのような形のものだが、一般的には臭くて美味しくない果実だと認識されている。果樹そのものは丈夫で繁殖力も強いが需要がなく、物好きな人間以外は取りに行こうなどと考えないし、栽培もされていない。

残念ながらレヴィ村にはこの木はなかったし、書物でも見たことがなかった。

この果実を知ったのは、たまたま市場で買い物をしていたときに、鮮魚店の店主と青果店の店主がカードゲームをしており、『負けたらアレを食う』という賭けをしていたからだ。

シャルロットが興味を示し、一つもらっていっても構わないかと尋ねたときには二人からやめておけと散々言われてしまった。もっとも、好奇心旺盛なシャルロットがそこで留まることはなく、その結果とても大事な使い道を発見してしまったのだが。

（セウユースの搾《しぼ》り汁に塩を加えたら、醤油《しょうゆ》みたいになるんだよね）

醤油が手に入ったお陰で、店で出す軽食のレパートリーも増えている。

人気の軽食には照り焼きチキンのサンドイッチがあるし、賄いとして出している丼《どんぶり》の種類も増やすことができる。丼は比較的作りやすいものが多いうえ、ボリュームもあるので好評だ。

「了解。明日は採集にも向いている天気になるしちょうどいいわね」

「それはありがたいわ。お弁当も作っていくから、雨だと食べる場所を探すのも、そもそも持っていくのも大変だしね」

そう言っていると、マネキが長い鳴き声をあげた。

それは、どちらかというと外出はしたくないと言っているようでシャルロットは笑った。

「マネキのお昼ご飯は置いておくから、好きな時間に食べてね。二階の窓際に、猫をダメにしちゃうような気持ちのいいクッションも置いておくから」

『主、かたじけない……！』

先程の甘えた声はどこへやら、マネキは感謝感激が尽きないといった具合の声を出す。

その様子にシャルロットとエレノアは笑った。

仕事疲れをゆっくり癒すのも、素晴らしい休日の過ごし方だ。

ただしシャルロットにとっての癒しはもともと森での採集活動なので、仕事のための休日でも収穫さえ叶えば癒されることは確実だった。


そして翌日、シャルロットたちは早いうちから店を出発して近くの森へと出かけた。

エレノアの予報通り晴れすぎず、かといって雨の心配がない天気はありがたい。

しかしその天気予報を思い出して、シャルロットはエレノアに尋ねた。

「そういえば、どうしてエレノアは今日が晴れるってわかったの？」

「ああ、精霊の特性よ。大気の状態がすぐにわかるから、天気の予想ならほぼ百発百中よ」

「そうなの⁉　すごい特技。でも、そんなことができるなら……気象予報士をやってみるのもいいかもね」

「キショウヨホウシ？」

聞きなれない言葉なのだろう、エレノアは首を傾げて聞き返した。

それはもっともな反応である。

この国には気象予報士という存在はいない。

もしかすると王宮には天気予報を行っている部署があるのかもしれないが、少なくともシャルロットが知る範囲で翌日の天気を予想する方法は昔から伝わる伝承……例えば巻積雲《けんせきうん》が見えたら数日後には雨が降るだとか、高層雲が見えたらすぐ雨が降るとか、そういう話だけだ。

「エレノアお姉さんによる明日の天気占いみたいな感じでお店の前に黒板を置いて、みんなに翌日の天気を知ってもらうの」

「それ、役に立つの？　知った人の希望通りに天気を変えるわけじゃないんだよ？」

眉を寄せるエレノアは、その用途に見当がつかないらしい。

「晴れだとこうしたい、雨ならこうしようかな、みたいなことをあらかじめ考えられるでしょう？　晴れだと思って干した洗濯物が濡れちゃうってこともなくなるし」

それを言うと、エレノアは納得したようだった。

「……それで、私がリーダーに加えて新たにキショウヨホウシという役職を得るわけね」

「だめかな？」

「いいえ、シャルロットがやりたいならいくらでも協力する。でも、それなら私が教えてあげるから、シャルロットが予報結果を公表しない？　店主によるお天気占い、みたいな感じで」

その提案にシャルロットは首を傾げた。

「ほら、だって。私は天気を教えてあげることはできるけれど、それだけだもん。シャルロットなら天気を知ったうえでほかに欲しい情報を私に聞いたり、その結果思いつく何かを加えて書いてあげられると思うの」

その言い分はシャルロットも「確かに……」と納得しかけた。

（すぐに何かいい候補が思いつくわけじゃないけど、天気だけ書くよりも何か一言添えるなら、私が書いたほうがいいかもしれないな。そのほうが機械的じゃないかもしれないし）

ほんの日常的なことでも――例えば先程の洗濯といったようなことだけでも、人間だからこそわかる感覚で、ほかに欲しい情報もエレノアよりもシャルロットのほうがわかる。

そんなシャルロットの様子を見て、エレノアは畳みかけた。

「それに、シャルロットに代わりに書いてもらえたら私が陰の実力者っていう感じになるし、カッコいいと思うのよね。誰も知らない真のキショウヨホウシ――っていったら、かっこよくない？」

「え、まさかそっちが本題？」

「半分くらいは」

その発想には思わず笑ってしまったが、だからといって「はいそうですか」とシャルロットも即座に受け入れることは難しかった。

「じゃあ、アリス喫茶店式お天気占い、ってことにしましょ。書くのはどっちでもいいし」

エレノアの希望とはいえ、さすがにシャルロットも手柄をすべて横取りするのは気が引ける。

「ええ……それじゃ私に陰の実力者っぽさが足りないんじゃない？」

「占っているのが誰なのかわからないっていうのは、十分陰の実力者っぽいよ。安心して？」

「……それも、そうか。むしろ誰かわからないほうが不思議度も上がるっていうものよね」

妙な納得をしてもらえたことに助かると思いつつも、その独特な基準は難しいなとシャルロットは思った。しかしこれで無事、人々に便利な情報を提供できるようになったのだからいいことだと思う。

「ところでシャルロット、天気予報の件はいいんだけど……今、なかなか斬新な道を進んでいるわね？　ほかの道でもいいでしょう？」

「ああ、セウユースの実の場所は別のルートでもいいんだけど、それまでにグミの実も探したいからね。あと途中で薬草もあれば持って帰りたいの」

エレノアが疑問を告げるのも不思議ではない獣道を進みながらシャルロットはそう答えた。とはいえ、エレノアは地に足をつけることなく飛んでいるので、あまり道の悪さは関係ないのだが。それでも疑問に思うほどの道だということを、シャルロットは否定しない。

そんな風に思っていると、シャルロットの頭上より少し上を飛んでいたエレノアが声をあげた。

「あら、この先に人間に良さそうな薬草がたくさんあるわ」

「予想通り、やったね」

「その向こうには期待してたグミも見えるわよ」

計画通りにことが運んでいることにシャルロットからは笑みがこぼれた。

野生の果物は栽培されているものより甘味が少なかったり、癖が残っているものもあるが、それはそれでアクセントとなる。田舎ならともかく、王都なら珍しさも感じることだろう。

薬草やグミの実を収穫したあと、シャルロットたちは次のポイントであるセウユースの実の収穫ポイントへ向かった。

けれど、道中エレノアが小さく呟《つぶや》いた。

「……そろそろお腹もすいてきたわね」

それはとても深刻そうな声だった。エレノアにとって空腹は何よりの敵である。

ただ、シャルロットは少し不思議に思い聞いてみた。

「ねえ、エレノア。前にマネキが魔力を補うために食事をしないといけないって言っていたけど、それって逆に魔力が減っていなければ、お腹がすかないから食事をしなくてもいいということ？」

「どういうこと？」

「私の魔力、全然減っていない気がするの。なのにエレノアのお腹がすくっていうことは、ちゃんと魔力が渡せてないのかなって……それなら、私たちの契約の間に何らかの欠陥《けっかん》があるのかと思ったの」

もしもエレノアへの魔力供給が足りておらず食事で補おうとしているのであれば申し訳ない。

そう思ってシャルロットは尋ねてみたが、エレノアは即座に首を横に振った。

「いや全然。というか魔力もガシガシもらっているけれど、シャルロットの魔力が減っていないのはたぶん元の魔力が相当多いからよ。私が出会ってからもどんどん上がっているわ」

「え……そうなの？」

学院時代から訓練をしていたとはいえ、今もそこまで魔力が上がっているという認識は持っていなかった。だから驚いていると、エレノアはなおも続けた。

「おそらくだけど、シャルロットは薬草から魔力を得ることで単純に回復するだけではなくて、魔力保有量の上限突破《とっぱ》もできてしまう特異体質なのね。しかもシャルロットのお茶は市販の茶葉よりも魔力が凝縮されているから、飲めば飲むほどシャルロットの魔力は増えていく」

「え……？」

「だから今のシャルロットは普通の人間よりも大量の魔力を保有しているのよ。少なくとも私は今までシャルロット以上の魔力を持っている人間を見たことはないわ」

「え……え……？　な、そ、それが本当ならどうして今まで黙ってたの……？」

「だってシャルロット、私に聞かなかったじゃない。というより、私もシャルロット自身が気づいていないとは思ってなかったんだけど……」

逆に驚くエレノアの言い分ももっともなのかもしれないが、シャルロットにとっては青天の霹靂《へきれき》だ。しかもそのような方法で自分の魔力を高めていたなど、どうやって知ることができようか？

思わず固まってしまったシャルロットに、エレノアは目を逸らした。どうやら本当に大したことがないと思っていたようだ。

「ま、まあ、魔力が高くても特段困ることはないし、いいかなって。それに、魔力が高ければたくさんの幻獣たちと契約もできるのよ？　ほら、マネキだって友達が欲しいって思うかもしれないし」

「それも、そうなのかな……？」

「あ、あと、私のお腹がすくのは『食べる』っていう行為をしていなかったら勝手にそうなっちゃうだけで、契約の不具合とかは一切ないから！　単に本当に何かが食べたいって思うだけで、別に魔力量の問題じゃないから！」

そんな話をしながら歩いているうちに、気づけば小川のそばへとやってきていた。

「ほら、ここなんて景色がいいじゃない。ここでお昼にしましょう？」

「あ、うん。そうだね」

大変なことを聞いてしまったとは思うものの、あまり深く考えても仕方がないかとシャルロットも思い直すことにした。魔力が多くて困ることはないし、今後も上がり続けるかもしれないが、だからといって不具合が生じることもない。

（なら、気にするだけ無駄かな……？）

きっとそうだ。そうに違いない。

そう思いながらお弁当を開こうとしたとき、シャルロットは背中にびりびりとした強い気配を感じた。

それはエレノアも同じだったようだ。

「……何かいるわね」

「うん、すごく強い気配を感じる」

漠然とした気配であるものの、何かがいることは間違いない。

ただ、人間や魔獣の気配とは異なる気がした。

「もしかして……幻獣？」

「ええ。間違いないわね。でも、おかしいわ。近くに人の気配がないし――単独でこの世界に来たのかしら？　暴れてる様子でもないし……いったいどうしたんでしょうね？」

確かにおかしいとシャルロットは思った。

基本的に異世界の住人と召喚契約を結ぶためには、この世界の召喚師が契約儀式を行わなければ始まらない。

（でも、それがない状態だということは……マネキのときみたいに、何かが起こっているのかもしれない）

ただ、気配が強いのでマネキのように力がなくてこの世界に来たというのとはまた違うのかもしれないが、放っておくことは気が引ける。

「ねえ、エレノア、ちょっと見に行ってもいいかな」

「もちろん構わないわよ。むしろシャルロットが行かないなら私が様子を見に行っていたわ。いろいろな意味で気になるし。ぱぱっと原因を見つけちゃってからお昼にしましょ」

「ありがと」

エレノアの同意を得たことでシャルロットはゆっくりと用心しながら、気配のするほうへ進んだ。

先にいる気配は相変わらず一向に動く様子がない。

（この茂みの先にいるわね）

シャルロットは立ち止まり、一度深呼吸をした。

そして意を決して茂みをかき分け、その先を見た。

すると、そこには黒く丸まった小さな塊《かたまり》がいた。

「え、うそ……？」

「シャルロット、何がい……」

「エレノア、大変‼　こんなところに可愛い子たちが三匹もいる……‼」

小さな塊は、子犬で、ころころとしたフォルムをしている。

子犬は可愛らしい三角の耳のほか、目の上にはまるで平安貴族の眉のような茶色い模様がある。

（これ、間違いなく黒い柴犬よね……⁉）

先程の強い気配は間違いなくこの黒柴らしき犬たちから感じられる。

ただ、シャルロットにとってはすでに、その気配というのは大したことではないものになっていた。それ以上に黒柴の発見という事実のほうが驚きを占め、考えるところまで意識が向かなかったのだ。

「か、可愛い……」

言えるのは、一つだけ。

そう、それだけだった
しかしエレノアはシャルロットとは対照的な反応を見せた。

「まさか……ケルベロスの子がここにいるなんて」

それは、とても深刻そうな声だった。

こんなに可愛い子たちを見て何を言っているのだろうと言わんばかりの気持ちでシャルロットがエレノアのほうを振り返ると、エレノアは眉を寄せていた。

「ケルベロスよ。知らない？」

「……えっと、それって地獄の番犬で合ってる？」

「地獄ってどこ？　ケルベロスは霊界にある灼熱《しゃくねつ》の地・煉獄《れんごく》の番犬よ。凶暴ですごく獰猛な幻獣なの」

「え、こんな可愛い子たちが⁉」

シャルロットが想像しているケルベロスと目の前の子犬たちはあまりに乖離《かいり》しており、いくらエレノアの言葉でもシャルロットには冗談にしか聞こえなかった。

(だってこの子たち、強い気配はするんだけど、全然怖いっていう感じじゃないんだよね)

しかしそもそもの問題は怖いかどうかということよりも、なぜ幻獣が召喚主も連れずにこんなところにいるのかということである。

ただ、それもすぐに聞けそうにはなかった。

幻獣たちはいずれも強い気配を漂わせているものの、かなり弱り果てていたからだ。

(ここにいたいというよりは、ここに留まらざるを得ないという感じなのかな)

シャルロットが様子を探っていると、子犬たちと目が合った。

そこには怯えと警戒の中に助けを求めるような色が見えた。敵対心のようなものも窺えるが、完全な拒否はされていないように感じられる。

(そりゃ、いきなり知らない人間が現れたら驚くだろうけど……こんなにも可愛い子に拒否されるのは悲しいね)

そんなことを考えながらシャルロットは屈《かが》んだ。

来てほしくなさそうなのに全力で拒否しないのは、なにか理由があるはずだ。それならもう少しいろいろと確認してみなければわからない。

そう思っての行動だったが、ちょうど屈んだときに手に持っていた籠からグミの実が一粒落ちた。

するとその瞬間、三匹が一斉に飛びついた。

ただし落ちた実は一つだったので、ありつけたのは一匹だけ。

残りの二匹は悲しそうにそれを見つめるだけだった。

さらに勝ち取って食べた一匹も、飲み込んだあとはまったく元気をなくしてしまっていた。

「……もしかして、お腹がすいているの？」

あまりに切ない状況にシャルロットは思わず問いかけてしまった。

返事はないが、俯《うつむ》く顔に垂れ下がったしっぽがその答えを示していた。

（グミの実はまだあるけど、こんなに空腹の状態じゃ全然満腹にはならないよね）

そう思ったところで、シャルロットは自分の分の昼食と、そのあと食べる予定にしていたおやつを取り出した。

（この子たちがマネキと同じなら、食事制限はないはず）

お弁当は厚焼き卵のサンドイッチと、ハムカツのサンドイッチだ。ポテトサラダも付け合わせで添えている。おやつは迷迭香《ローズマリー》をフレッシュなまま使っているスコーンだ。おそらく魔力も戻りやすくなるだろう。

「ちょっと、シャルロット」

「エレノアの分まではあげないから大丈夫」

「じゃなくて。あなたもお腹すくでしょう」

「大丈夫だよ」

多少お腹がすいても自分自身のことならどうにでもなる。

そう思ったシャルロットは、まずはスコーンを割ってケルベロスたちに差し出した。

「ほら、お食べ」

最初に差し出してもケルベロスたちは警戒を解かなかった。

しかしシャルロットが割った半分を自分の口に運ぶと、急に飛び出してきた。

「わっ」

もしかしたら自分たちの分がなくなってしまうと思い、焦ったのかもしれない。あまりの圧にシャルロットも一瞬気圧されたが、そこには敵意や害意のようなものは含まれていなかった。

(うん、やっぱり食べ物しか見えていなくて一直線に飛び出しただけだね)

シャルロットはもごもごと食べるケルベロスたちを前に、まだ残していたスコーンも全部崩した。サンドイッチは割ることが難しいのでそのまま差し出したのだが、残念ながら二匹が奪い合ったせいで一匹はありつくことができず耳を垂らしてしまっていた。

さらにサンドイッチやスコーンも一人前の量だと、三匹はあっという間に平らげてしまう。

食べ物がなくなってしまったのを見て、三匹のケルベロスたちは一様にシャルロットを見つめた。

しかし、すでにシャルロットの手持ちはない。

強いて言うのであればエレノアの昼食はあるが、あまりケルベロスに好意的ではないので頼むのは申し訳ない。それに、エレノアの昼食だってこのケルベロスたちなら一瞬で食べてしまうだろう。

だから、シャルロットはにこやかにケルベロスたちに言った。

「ねぇ、うちに来たらご飯がもっと食べられるよ。よかったら来ない？」

シャルロットの問いを聞いた三匹は一瞬固まった。が、すぐに抱きつくことで問いに答えた。

「って、いやちょっと待って。連れて帰るの？」

「可哀想でしょ。子供だよ」

「成長したら煉獄犬よ。今でもその片鱗《へんりん》は見せてるけど」

「そうなの？　まあ、かっこよさそうだよね」

「だいたい子犬の見かけしてても、そいつらシャルロットの何倍生きてるかわかんないよ」

「……え？　子犬なのに？」

「あのさ。私を見ていてわかると思うんだけど……霊界では外見と年齢なんかまったく対応してないからね？」

そういえばエレノアも女王になってから二千年だったなと、つい忘れていたことをシャルロットは思い出した。しかしそれを聞いてもなお、シャルロットにはケルベロスたちがただの愛らしい子犬にしか見えなかった。やっぱり置いてはいけない。

「ほら、年齢より行動。エレノアも私と同じくらいな雰囲気だし」

「ほー、大先輩に向かって何を言うか」

「ごめんごめん、帰ったらレーズンのスコーンを作るから許して」

「クルミも入れてくれるならね」

その返答を聞いて、ほら、やっぱり間違いじゃないではないかとシャルロットは思ったけれど、それをあえて言うことはしなかった。

しかし子犬たちを抱き上げてもなお、エレノアはまだ渋っている。

「……本気なら止めはしないけど。その種族、本当に気が強いよ」

「それなら頼もしいいね」

「頼もしい程度ならいいけど」

「それにうちにはマネキもいるし。いいお友達になるんじゃない？」

シャルロットがそう言うと、子犬たちもエレノアのほうを見た。

やや威嚇しているのは、気のせいではないのかもしれない。

「ちょっと犬っころ。私を誰だと思っているのよ」

「エレノア、大人ならむやみやたらに喧嘩《けんか》は売らないで」

「売ってないって、売られてるの！　ったく、これだから闇属性は……私の分のご飯まで食べたら許さないわよ！」

なるほど、それがすべてと言うわけではないのだろうが属性から対照的なら、もともと相性がよくないのかもしれないとシャルロットは思った。

しかしそれはほんの少しだけで、最後のセリフから察するに、どちらかと言えば自分の食い扶持《ぶち》を心配しての言葉だったのだろうか。

「あ、でもケルベロスさんたち、ちょっと悪いんだけど、セウユースの実だけ収穫してもいいかな……？　そんなにたくさん取らないから、すぐに終わるよ。きみたちのご飯も、今あげたものよりもっと美味しいものを作るから！」

そのシャルロットの言葉にケルベロスたちは声をそろえて可愛い鳴き声で答えた。


夕方前にシャルロットたちは店へと戻ってきた。

マネキは音が聞こえて二階から下りてきたようだったが、ケルベロスたちを見て目を見開いた。

『ま、主《マスター》……。その、そやつらが……我の代わりとなる、新たな接客要員か……？』

「あ、違うよ。この子たちは森で保護してきた子たちなの。疲れてるみたいだからご飯をあげるんだよ」

『そ、そうか。ならば、主が準備をしている間はこの子らの世話は我に任されよう』

そうしてマネキはせっせと椅子の上にクッションを集めたり、タオルを咥《くわ》えて持ち出してきたりして子犬たちが快適に過ごせるように計らっていた。

「マネキ、すごく面倒見がいいんだね」

マネキはその経緯からあまり他者と付き合いがある雰囲気ではなかったのに、子犬たちの欲しいものをすぐに察せられているようだった。その姿はまるで母猫のようでもあった。

「……誰かに似たんじゃないかしら」

「え？」

「ほら、たぶん宿主に似るものなのよ」

シャルロットが疑問符を浮かべる横で、エレノアは溜息をついていた。

「まったく。マネキも霊界の出身だからケルベロスの性質は知っているはずなのに、のんきよね。ここもシャルロットに似たのかしら？」

「えーっと……よくわからないけど、害意がないから問題もないよ」

「まあ、いいけど……。シャルロット、私はちょっと霊界に戻って仕事を片づけてくるわ。たぶん、いくつか私の判断待ちもあると思うし。でも、スコーンが焼けたらすぐに呼んでね」

「うん、了解」

エレノアを見送ったシャルロットは、さっそく自分とエレノアとで持ち帰った籠を邪魔にならない場所に動かした。

その後、調理場に立ったシャルロットはスコーン作りに取りかかった。

スコーンを作るには、まず粉類を振るったところにバターと砂糖、塩を加え、スケッパーで切り込むように混ぜ、ハーブを加える。それから牛乳を注ぎ、ひと塊になるまで混ぜ合わせたら、生地がくっつかないように粉を振るった台の上でよくこねる。体温をあまり生地に伝えないようにするには、どれだけ速く混ぜられるか時間との勝負となる。そのあとは一・五センチほどの厚さにしてから丸型で抜き、表面に牛乳を塗る。こうすれば、あとは焼くだけだ。

「レーズンとクルミも用意して……と」

ひとまず生地ができたので、オーブンの温度を見ながら保冷庫から鶏肉を取り出す。

「……とりあえず、スピード勝負ならチキンステーキかな」

鶏肉の風味を生かして迷迭香《ローズマリー》と共に焼くチキンステーキもシャルロットの好物だ。きっとケルベロスたちも喜ぶだろうと、塩と胡椒に加えて迷迭香《ローズマリー》もまんべんなく振りかける。

そして温まったオーブンにオーブン皿に置いたスコーンと鶏肉を入れてしまえば、あとは待つだけで完成だ。

シャルロットは一息つくと、浅い皿を二つ用意し、そこに牛乳を注いでマネキたちのほうへと向かった。

「もうすぐ焼けるけど、それまでスープがわりにでもどうぞ」

ケルベロスが本当の犬ならお腹を下す可能性があるので出せないが、幻獣ならば問題ない。

牛乳はマネキの大好物でもある。

ケルベロスは白い液体に最初警戒を抱いたようだったが、そこはマネキがフォローを買って出てくれた。

『これは大丈夫な食べ物だ。しかし、もし不要ならば我が飲むから安心するといい』

半ば本気でもありそうな言葉を放ったマネキが勢いよく自分の分の牛乳を飲み始めたところ、ケルベロスたちも負けじと競うように飲み始めた。どうやら、ケルベロスたちにとっても好みの味であったらしい。

(牛乳も一瞬でなくなりそう)

その勢いにシャルロットは少々苦笑したものの、やはり可愛らしい子犬が三匹もいるうえ、巨大な猫と一緒にいるのだから、最終的には和まずにはいられなかった。

しかしこのままずっと見ていたいと思ったとしても、このまま留まり続けてしまえばスコーンがただの炭になってしまう。

シャルロットが名残惜しさに後ろ髪を引かれる思いを断ち切りつつ厨房に戻ろうとした……まさ

にそのとき、鍵をかけている店のドアが激しく音を立てた。

それはノックという可愛らしいものではなく、破壊しようとしているような勢いだった。

何が起ころうとしているのかはわからなくても、よくないことが起ころうとしていることはシャルロットにもわかる。

「みんな、ちょっと下がって!!」

シャルロットは慌てて四匹を背中に隠すように飛び出した。

そのタイミングで、ドアが爆発に近い勢いで吹き飛んだ。

「ああ？　情報屋の野郎、留守って話はどこにいったんだ？」

爆破されたドアの外から現れたのは、幾筋もの傷を顔にこしらえ、この国で悪《あ》しき存在と忌避《きひ》されている悪魔の入れ墨を肩に入れている男だった。

つまり見るからにならず者で、不穏《ふおん》な気配にシャルロットは引きつりそうになる顔を何とか抑えるので精いっぱいだった。

(目、血走っているじゃない。酒にも酔っていそうだけど、それだけじゃないような怪しげな雰囲気――)

シャルロットは息を呑み、相手との距離を測りながら口を開いた。

「……私の店に何かご用でしょうか？」

エレノアが不在のときになんたる間《ま》の悪さだとシャルロットは思った。

しかし、いないのであれば自分で対処するしかない。

こちらには弱った子犬と大事な従業員のマネキがいるのだ。

（なんとか時間が稼げるといいんだけど）

シャルロットは男に問いかけはしたものの、荒っぽい入り方からして実際には強盗なのだろうと予想はしていた。

物騒な剣を携《たずさ》えているあたり、邪魔者には切りかかる気満々といったことも見て取れる。

（……でも、まずいな。私の戦闘力なんて皆無《かいむ》なんだけど）

シャルロットがそんなことを冷静に考えている中で、無法者は人をバカにする笑みを見せた。

「何を惚《とぼ》けている。お前、ここに宝を隠し持っているんだろう？　俺はそのお宝をいただきにきたんだよ」

「宝、ですって？」

「俺はそれを取りにきたにすぎないさ。お嬢ちゃんには恨みはないが、若い女が二人で切り盛りしている店って聞いたら、奪うのは簡単だと思うよなぁ？　金にして、俺が使ってやるからさぁ」

男から返ってきた答えは、どうもシャルロットの質問とはかみ合わない。

（ええっと……ここにはたくさんの薬草はあるけど、それではないわよね……？）

秘蔵の抹茶や緑茶はあるが、高級な薬草はあまり扱ってはいない。それに、店では普通に出しているので強盗をしてまで手に入れるものでもないだろう。

しかし男はシャルロットが弱く見えたからか、勝手に一人で喋り始めた。

「秘宝を拝みながら至福のような時間を過ごせる店……その噂は、結構な範囲まで届いてなぁ。いったいどんな宝で周囲を惑わしているんだ？」

「……ああ、宝って……マネキたちのことなのね」

男は情報屋と呼ぶ者からその話を聞いたようだが、おそらく金を払って仕入れた正規の情報ではなく、何らかの噂話を誤解してここにいるのだろう。そうでなければ、こんな迷惑な誤解をしてここに来ることはないはずだ。

（いや、迷惑どころの話じゃないんだけど……）

ドアを吹っ飛ばされて、すでに損害が発生している。

ただしその損害よりも、現時点での問題といえば現状をどう切り抜けるかということなのだが。

エレノアを呼べば解決するのだが、召喚には大きな隙を作るうえ、いつも使っている召喚陣の布は二階にある。まさか背を向けて取りに行くことなんてできないだろう。

「なんでもいい、その宝を出せ。いや、素直に教えるなら勝手に持っていくから気にするなよ？」

「いや、もう見えてるんですけど……」

「あ？　どこにあるっていうんだ！」

しかし、ここで説明をしても理解してもらえるとは思わない。

ただ、男が叫ぶと同時に剣を持つ手が勢いよく後ろに振られた。これではすぐに切りかかってくることはできないはずだ――そう判断したシャルロットは、迷うことなく椅子を持ち上げた。

ならば、ひとまずは切り抜けるのが先決だろう。

「なんだ嬢ちゃん、椅子なんて持って」

「あいにく剣なんて持ってないからね」

こん棒にしては大きすぎるが、面積の大きい椅子なら振り回したらなんとか当たる可能性がある。

なにより、この椅子は非常に重いがとても硬い。

剣でもスパッと切るのは難しく、よくて椅子の脚が折れる程度だろう。

しかしそんなことを考えるシャルロットに対し、男は大笑いをした。

どうやら男にはシャルロットの抵抗する構えなどお遊びにしか見えなかったのだろう。

余裕だと思われることはシャルロットにもわかっていた。けれど、シャルロットには今できることをするしかない。

だが、男が一歩を踏み出してくることはなかった。

（いや、踏み出せないのね）

そう感じたシャルロットの頬にも汗が伝う。

なにせ、踏み出せないのはシャルロットも同じだ。なぜなら突然、店内を覆うような威圧感がシャルロットたちの周りに現れたのだ。

（男の視線が私の後ろにくぎ付けになっている……っていうことは、後ろで何かが起こっているのよね）

ただし男が固まっているからといって、シャルロットも背を向けるわけにはいかない。

代わりに一歩、二歩、と後ろに下がり……そして、店内の異様な空気は三匹のケルベロスが発していたことに気が付いた。しかも、三匹の子犬から突如黒や紫といったような光が漏れ出ている。

普通の子犬であれば絶対に起きないような現象だ。

「ど……どういうこと……？」

ケルベロスが今の状況に怯えた様子はなかった。

むしろ、あるのは男に対する純粋な敵意だけ――そうシャルロットが理解すると同時、ケルベロスを包んでいた光はひときわ強くなり、その場には三つ首の黒い犬が現れた。

その犬は、犬というには大きすぎるほどに大きく、並んだマネキが子猫に思えるほどだった。首の周りには炎が宿っている。

もしもその顔にマロ眉が残っていなければ、黒柴だった面影すらなかっただろう。

『我が主、私に命《めい》を』

「え？」

その低い声がケルベロスのものだというのは、本能的には理解できた。

けれど、主という言葉は理解できない。

しかし、ケルベロスは続けた。

『私は主を守る者。狼藉者《ろうぜきもの》は私が許さぬ』

それはシャルロットには煉獄の番犬にふさわしい、威厳のある声に聞こえた。

『主君、私に命を！』

しかし、だ。

（主って言われるのに覚えはないんだけど、そんなこと聞いてる暇なんてないよね……！）

シャルロットにはまったく身に覚えのない話であっても、ケルベロスの言う『主』が自分のことを指しているのは間違いない。

細かいことは後回しすることにしたシャルロットは叫んだ。

「私は、この男を捕まえたい！」

シャルロットの言葉が合図となり、ケルベロスは男に飛びかかった。

その勢いはすさまじく、店内に風が舞い、いくつか食器が落ちて割れる音がしたが、その音を聞いたときには、男はすでに組み伏せられていた。

首周りの炎は幻影なのか、辺りに燃え移るような様子はまったくない。

男は熱い熱いと叫び暴れていたが、ケルベロスを振り切れるほどの余裕は一切なかった。

「え、衛兵さんを呼ばないと」

シャルロットは男とケルベロスの様子を気にしつつ、慌てて水を使って床に召喚陣を描いた。

二階の布を取りに行く時間がないというよりは、男とケルベロスから目を離せなかったからだ。

突然呼び出されたエレノアは書類の束を持っており、間違いなく仕事中の姿だった。

「スコーンが焼けたんだと思って思わず急いで来ちゃったけど……これ、どういう状況？」

気が抜ける声を発しながらも事態を察して徐々に眉を吊り上げるエレノアに、シャルロットも
「ちょっと衛兵さんを呼びに行くからここの見張りをお願い」と、苦笑しながら言うしかなかった。


いくらエレノアが見張っているうえにケルベロスが犯人を押さえていても、長時間任せっぱなしにすることは憚《はばか》られる。

まずは犯人を引き渡すことを第一に考えたシャルロットは衛兵を探しに街に向かったが、ほどなくしてフェリクスと鉢合わせしたため強盗に襲撃された旨《むね》を伝え、すぐに来た道を戻ることになった。

店に入るとまずエレノアから「おかえり」という言葉を受け、事態の悪化は何もなかったのだと安心した。

そもそも強盗はすでに意識を失っていたので、悪化しようもなかったのだが。

(そりゃ、凄く怖いもんね)

身体が大きくなったとはいえ、ケルベロスも怒っていなければマネキ同様癒し系でも宣伝できるかもしれない。だが、今の煉獄の番犬という二《ふた》つ名が似合う状態で激怒していれば、『食われる』と思っても不思議ではない。特に悪事を働いた当事者であれば、なおのことだろう。

しかしそんな中でもフェリクスはケルベロスに気を取られることなく、強盗を縛り上げていた。その際使用された縄はフェリクスの魔術により強化されたものであるようだったので、簡単に解けることはないらしい。

そうしてひと段落付いたとき、シャルロットはフェリクスに尋ねた。

「あの、ありがとうございました。でも、フェリクス様はどうしてこちらに?」

タイミングがよくて助かったが、定休日であることはフェリクスも知っていたはずだ。だから何か緊急の用件が別にあったのかと緊張しながらシャルロットは尋ねた。

「昼間、アリス喫茶店について聞いて回っていたこの男を見かけた。その男は王都に入る際、検問で揉めた上に酒臭かったという男と特徴が一致していたから、念のためお前の耳に入れておこうかと思い、ここに向かっていたところだったんだ。昼も来たんだけど、留守だったからな」

「え?」

「この粗暴そうな男がわざわざ王都に来て茶を楽しもうとすると思うか? 何かあるかと思うだ

ろ」

　人を見かけで判断するのは――とは、シャルロットも言えなかった。

　なにせ、実際に襲撃を受けた後である。

「でも、強盗だとしても変ですよね。ここに宝があると言ってましたけど、普通、こんなところにあるように思いませんよね？　開店一か月の飲食店ですよ」

「『普通の人間は強盗しない』」

「あ、えっと、そうなんですけど……」

　フェリクスとエレノアの揃った声に、シャルロットは徐々に声を濁《にご》して返事をした。

「まあ、あまりに珍しいものが有名になったせいで誤解を招いたこともあるだろうが……明日には恐らく、別の意味で有名になるだろうな」

「それはどういう？」

「『お手柄、街娘！　強盗を返り討ち！』なんて記事が掲載されることになるんじゃないか？　確か、なじみの記者ができたって言ってなかったか？」

「え……」

「新聞では、積極的に店の宣伝をするわけではないが、街の治安維持のためにそれなりの事件は公表するからな。そもそも、ドアが破壊されていたら誰だって『何かあったのか』って思うだろう」

「ああ……それは、そうですね……」

　フェリクスの言葉でシャルロットはマヤの顔を思い出してしまった。

　取材したいと言われたことについては断っていたとはいえ、公表されれば記事になるかもしれない。周囲の店にも防犯意識を高めてもらうという観点からは悪いことではないのだが、本当にフェリクスの言う通りの見出しであれば、かなりの剛腕《ごうわん》だと勘違いされそうで若干引きつってしまう。

（しかし……確かにドア、どうしたらいいんだろう）

ドアについては模様替えのようなことで誤魔化せはしないだろうかとシャルロットは考えた。

いっそ、魔力のガラス戸を仮設してみようか？　内部がすべて見えるのは防犯上、少々よろしくないとは思うものの、閉店時はカーテンを引いてしまえば中は見えない。正式な修理は後日行ったあと魔力のガラスでコーティングを施し、さらに強度を上げるのも悪くはないだろう。

不幸中の幸いは、壊れたのがドアとその周辺だけであったということで、仮設のドアが作れたのなら明日からの営業にも支障はないはずだ。

「とりあえず詳しい話はこの男に吐かせるが……俺一人で運ぶのはさすがに大変か」

気絶している男を今すぐ起こすと面倒になりかねないが、意識のない大男は重い。まったく動かせないわけではないが、こんな男を背負って歩けば悪目立ちは間違いない。

「……荷車でも借りてきましょうか？」

「いや、いい。伝令を送る」

シャルロットの申し出を断ったフェリクスは立ち上がり、早口で何かを唱えた。

すると彼の前に深緑色の鳥が現れ、フェリクスが窓を開けると同時に飛び去った。

「今の、まさか召喚術ですか？　鳥さんを呼びました？」

「違う。あれは魔力で作った擬似動物で、俺の声を運んでいる。これで強盗確保の通報を入れておけば迎えが来る」

「魔術って、やっぱり便利ですね。羨ましいです。でも、それだとこれもひとまず片づく……」

しかしそう言いかけてシャルロットは固まった。

強盗はイレギュラーな事件で、元々は捕まえる予定など少しも考えていなかった。

つまり、本来は別の用事をしている最中――そう、食事を用意している最中だったはずだ。

「焦げる‼」

「は⁉」

「あ、シャルロット、大丈夫よ。スコーンならシャルロットがお店を出たあと、私がオーブンから出しておいたから。チキンも一緒にね。ついでにスコーンはすでに一つ試食しておいたわ」

「ありがとう、エレノア……！」

エレノアにはオーブンにそれらを入れていたことを伝えていないのによく把握してくれた、とシャルロットは心から感謝した。もちろんエレノアとしてはシャルロットが作ると言っていたので様子を見たのだろうが、真っ黒焦げになっていたらとても悲しいことになっていた。

これで皆の食事がさらに遅れるという心配もないはずだ。

「フェリクス様も……さすがにゆっくりお茶をする時間はないかもしれませんが、いくつかスコーンをお持ち帰りになりませんか？」

応援が到着次第、フェリクスも仕事に戻るはずだ。

それならば、ゆっくりと薬草茶を楽しむ時間がないことはわかる。そう思ってシャルロットは尋ねてみたのだが、フェリクスは難しい顔をしていた。

「フェリクス様？」

「……いや、元気ならそれでいいんだが。襲撃を受けたことはあまり気になっていないのか？」

いわれてみれば、それもそうかとシャルロットも気が付いた。

しかしながら、すでにフェリクスにエレノア、さらにはケルベロスという仲間がここにいるのだ。そう簡単に倒されるような者たちではないのは、一見して明らかだ。

それに……。

「もう捕まりましたし」

別の者が再び襲撃を加えてくる可能性はあるかもしれないが、その可能性が高いとは思えない。そう頻繁に強盗が発生するほど、王都の治安は悪くないからだ。

「ただ、私としても、もう少し武器は用意しておかなければいけないと反省しました。椅子を振り回して剣と対峙《たいじ》するのは、あまり現実的ではありませんよね。とっさのときに誰かがそばにいるとは限りませんし」

通常、護身術が必要となるようなことは想像していなかった。

しかしこうして強襲されることがあるなら、シャルロットも多少は考えておかなければならないだろうと思う。

「……まさか、椅子を武器にしようとしたわけじゃないよな？」

「はい、それ以外に武器がありませんでしたし」

街に護身術の教室などあっただろうか？　あったとしても、仕事が終わってからとなればなかなか時間をとるのも難しいかもしれない。

「もし武術を学ぶつもりがあるのなら、俺が教える」

「え？　いいんですか」

フェリクスは仕事が忙しいはずだ。

それなのに時間を割くことなどできるのかと思っていたら、あっさりと頷いた。

「毎日でなければ大丈夫だ。仕事が終わってからくる。……正直、椅子で戦おうとするつもりと聞いて放っておくほうが気がかりだ」

本気であきれられた声に、シャルロットは表情を引きつらせかけた。

（いや、確かに無茶な行動かもしれないけど……そこまで心配される判断だった⁉）

だが内心焦ったシャルロットとは対照的に、エレノアは両手を合わせて歓迎を示した。

「それは助かるわ。シャルロットがそんな無茶をしたなんて、私も知らなかったもの。とりあえず危ないときの逃げ方と逃げるまでの方法を教えてもらえると助かるわ」

「もう……エレノアまで」

「いいじゃない、やってくれるって言ってるんだから。その代わり、ちゃんと夕飯くらいは振る舞いなさいよ」

「それは助かる。ついでに茶菓子もつけてもらえるとなお嬉しい」

いや、そんな報酬では全く釣り合いが取れていない気がするのだが。

「本当にそれでいいのですか……？」

「ああ。とりあえず、今日はスコーンをもらっていく」

当人がそれでいいと言っているのだから問題はないはずだが、どうもお返しが足りていない気がしている。そもそもお金も借りている状態である。

（私にできることがあるとしたら……とりあえず、もっと皆に好いてもらえるようなお店を作って、それでフェリクス様にも満足してもらえるようなものをお出しできるようになることかな）

さしあたりスコーンを渡すときには昨日作ったばかりのジャムも小瓶に入れて渡そうとシャルロットは決意した。

だが、その決意をしたと同時に「クゥーン……」という少し切ない鳴き声が聞こえてきて、はっとした。鳴き声の主はケルベロスだ。

（そうだ、あとでどうして主君って呼ばれたのか、聞かないと）

ただ、この回答を得るのはケルベロスに腹ごしらえをしてもらったあとになるだろう。

なにせ、腹ペコ状態であればゆっくりと話せないだろうから。


フェリクスと衛兵によってならず者が連行された後、シャルロットたちは食事を始めた。

チキンステーキは少し冷めてしまっていたが、猫舌のマネキや勢いよくがつがつ食べるケルベロスにはちょうどいい温度になっていたらしい。

ちなみにこれらを食べるときには、ケルベロスは子犬のサイズに戻っていた。

最初シャルロットは力がなくなって縮んだのかと思ったが、『小さいほうがたくさん食べた気分になれるのです』と説明を受け、納得してしまった。それは過去エレノアからも聞いたことがある理由で、なおかつ今エレノアが実践している理由でもある。

しかし巨体に比べれば量を感じられるかもしれないが、小さなサイズになると三匹になってしまうので、チキンもスコーンも減るスピードは決して遅くはなかった。

ただ、噛みしめて味わってはいるようだった。

『我が主君は、どうしてこのようなものをお作りになることができるのか……！』

「美味しい？」

『美味いどころの話ではありません。口から身体全体に喜びが広がるような気持ちです。私は食事に詳しくなく、あまり彩る言葉を持ちませんが――これは、本当に、私の生きる糧《かて》となるのがわかります。それに……どうも、この食事には主君の魔力も混ぜ込まれているようです。至福です』

その言葉がどれほどの喜びからきているのか、シャルロットには正確に把握できる自信はなかった。けれど、喜んでいるのは間違いない。それならよかったと思うまでだ。

そうしてケルベロスが最後の一口を飲み込んだところでシャルロットは尋ねた。

「いろいろ聞きたいんだけど……きみ、喋れたの？」

『本来は人間と意思疎通はできませんが、我が主君は召喚師とお見受けします。そのため意思疎通が図れるのでしょう。もっとも私は空腹が過ぎていたため、ミルクをいただくまでは意思を発することに難がありましたが……』

「大きくなったら一体だけど、小さいときは三体になっているのは……どうして？」

『ケルベロスの性質ゆえでしょう。ケルベロスはもともと三体で一つの意識を共有する小柄な幻獣でしたが、進化の過程で身体が融合して大きくなり、さらに魔力保有量が増加したと言われています。しかし魔力が尽きて幼体化すると分裂するようです。――ほかに、お尋ねになりたいことはございますか？』

「えーっと……私が『主君』って、どういうことか、聞いてもいいかな？」

一番の疑問をぶつけてみると、子犬姿のケルベロスたちは顔を見合わせ、それからシャルロットに向き直った。

『実は……大変お恥ずかしいのですが、私、親子喧嘩をいたしまして。あまりの戦いに魔力が尽き、このままでは消えてしまうと思った私は、この世界に逃げ込みました。本来の私は先程お見せした、成体の姿をしております』

「え……？　あの、親子喧嘩って、自分が消えそうになるほど全力でやるものなの？」

魔力が尽きたときに幼体化すると、先程ケルベロスは言ったばかりだ。

しかしその理由がそんなものだと聞けば、シャルロットは驚かずにはいられない。

だが、ケルベロスは淡々としていた。

『私たちケルベロスの一族は、決闘を行った際は相手を打ち負かすまで続けます。命がけですね』

それは親子喧嘩の域を超えてしまっているのではないかとシャルロットは思ったが、ぐっと言葉を飲み込んだ。ケルベロスが喧嘩だというならケルベロスの中ではたとえ消滅しかかってもただの喧嘩なのだろう。

「大変だったね……？」

『はい。ですが、私は力尽きるくらいならいっそと別の世界に逃げ込むことを考えました。しかし無理な転移の反動で、もとよりほぼ空《から》になっていた私の魔力を完全に喪失しました。魔力を失い、ただの犬となった私は、森で体力の回復に努めようとしていました。しかし、赤子同然の私はあのままでは身動きもとれぬまま、消えゆくところでした』

「それは……その前に助けられてよかったよ」

逃げ込めても魔力が回復できない……少なくとも食べ物にありつけないのであれば、野垂《のた》れ死には必至だった。偶然であっても助けられてよかったとシャルロットは思う。

(でも、その魔力空っぽの状態でも気配は凄かったし、ただの赤ちゃんの犬っていう感じではなかったよね……?)

それだけ種族として強いからということもあるのかもしれないが、シャルロットとしては感心するばかりである。

『私は受けた恩はお返しすべきものだと思っております。それを叶えるのはあなた様にお仕えするのが一番かと考えております』

「それで、主と……?」

『はい。我が忠誠は主に』

ケルベロスの強い主張は一応理解したものの、シャルロットは納得というより混乱した。

(本当にそれでいいのだろうか)

確かにケルベロスにとっては救いとなったのかもしれないが、シャルロットからすればはっきり言って大袈裟《おおげさ》すぎる感動のされ方でしかない。むしろあれしきのことでそこまで思われるとなると、かえって申し訳ない気さえするほどだ。

しかし、ケルベロスに引き下がる気配はない。

『それとも……私では主君のお役には立てませんか。今より魔力が戻れば、今日のような戦いもより早く終わらせることができます』

「いえ、その、私あんまり戦うことはないというか。もしもあったら、確かに頼もしいけれど……でも、もし手伝ってくれるならマネキみたいに接客のお仕事のほうが助かるというか」

今の柴犬姿で戦うと言われても、どうもちぐはぐした印象を受けてしまう。

シャルロットの言葉にケルベロスは三匹そろって首を下げた。

『ならば、全身全霊を以《もっ》てセッキャクの任をまっとうしましょう。何をするのかはわかりませんが、私のすべては我が主の望むままに』

シャルロットの願いが聞けたことで、どうやらケルベロスのやる気はますます上がってしまったらしい。

森で見つけたときはこんなことになるとは思っていなかったと思いつつ、シャルロットは水で床に契約の陣を描いた。

その上にケルベロスを乗せ、シャルロットも手をつく。

「じゃあ、これからよろしくね。私はシャルロット。あなたのお名前は？」

『可能であれば主君から授かりたく思います』

「えっと……じゃあ……クロガネ、というのはどうかな？」

もとより名前がなかったマネキとは違い、本来の魔力が強いケルベロスにはおそらく名前がある。それに負けないほどの名をつけることができるのかと、シャルロットはひやひやしながらも新たな名前候補を口にした。黒くて強い。そんなイメージの名前を選んだつもりだ。

そしてシャルロットがその名を口にした瞬間、ケルベロスのしっぽは激しく振り回された。

『とても力強い響きに感謝いたします、我が主君』

その言葉にシャルロットは安堵《あんど》しつつも、少し恥ずかしく感じた。褒められすぎだ。

しかし満足そうなクロガネの様子を見ると、そんなことで褒めないでと、その気持ちに水を差しかねない願いを口にするのは躊躇われる。

しかし『クロガネ』の響きは今の柴犬姿には少しだけいかつすぎたかなと、もう少し可愛げがある雰囲気でもよかったかもしれないと、やはり少しだけ思ってしまった。

第九話

休日のお茶会計画

ケルベロスのクロガネが『可愛らしい従業員』を始めてから数日。

全身全霊で接客をまっとうすると言っていた言葉に偽りはなく、すでに客の視線をくぎ付けにする技術を会得《えとく》していた。

具体的にはその丸いフォルムで転がったり、食事をとったり、撫でられたり、お昼寝をしたり、視線を向けてくる客のところに近寄ったりしてサービスするなどだ。

当初、ケルベロスは接客に対し『本当にこれだけでよいのか……？』と疑問を抱いているようだった。しかし客に可愛がられたケルベロスにシャルロットが感謝を伝えると、本当にそれでいいのかと納得し、積極的に愛嬌を振りまくようになっていた。

（可愛い。本当に可愛い）

子供らしい、マネキとはまた別の魅力をケルベロスは持っている。

しかもそれが三兄弟のように三匹揃っている。マネキの背によじ登っている姿を見たときなど、カメラさえあれば写真に収め続けたかったと思ってしまう。

（そのうえでケルベロスの姿になるんだもの。ギャップが大きすぎて、なお可愛い）

店に来る客は可愛いクロガネの姿は知っていても、頼もしいクロガネの姿は知らない。

そんな自分だけの特権にシャルロットは少し楽しくなった。

Welcome to the healing Mofu Cafe!

しかしそんなシャルロットの横で、エレノアは半《なか》ば呆れていた。

「煉獄の番犬がこんなに愛想よくなれるなんて……シャルロット、やっぱりあなたはすごいわ」

「いや、私にすごいところはなかったんだけど……偶然が重なった結果だよ」

偶然と言えばマネキもそうなのだが、シャルロットの答えに対してエレノアは軽く首を振った。

「いえ、普通シャルロットほどの魔力量がなければ契約なんてできないし、そもそも普通の人間だと契約前に怯えてしまうんじゃないかしら？　特に、森で初めて会ったときの敵対心はすごかったでしょう？　番犬そのものの気配を感じて本来は近づけないのに……シャルロットったら食事まであげちゃうんだから」

「……まあ、その魔力量も偶然なんだけど」

しかし魔力量が多かったからこそ、こうしてクロガネと仲良くなれているのなら、それも悪くないと思ってしまった。

「ということでエレノア、これ、テーブルに持っていって」

「はいはい。ええっと……この軽食は『照り焼きチキンピザ』だっけ？」

「その通り」

照り焼きにしたチキンを細かく刻み、たっぷりとタレを塗った生地の上に玉ねぎ、チキン、キノコとマヨネーズを載せたピザは良い匂いを漂わせていた。

シャルロットはそれをエレノアに渡した後、次は急いで薬草茶ラテを作る。

商売繁盛はありがたいが、昼時ばかりはいつも戦場のようだと思わずにはいられない。

しかし今日も、サンドイッチをあと一組にだせば、おそらくピークを過ぎるだろう。すでにテーブルは満席だが、新規の客が入ってこない限り注文も入らないので、いくらかはシャルロットだけでも対応できる。

（帰るお客さんの食器は片づけるとして、新規の方は少しお待ちいただくことを告げていれば大丈夫だし）

自身もそろそろ空腹なので、タイミングを見て食事をとろうと思っている。先程の注文と一緒に作っておいた照り焼きチキンは、エレノアの分もシャルロットの分もしっかりあるのだ。

そう思いながら作った薬草茶ラテ二つをエレノアに渡したあと、シャルロットは店内を見まわした。

（上流階級なのにお忍びでここに来ている方がいる……というのは、たぶん私の気のせいじゃないよね）

服装こそ平民のものに近いようだが、明らかに新品で綺麗すぎだ。そして、飲食する姿どころか椅子に腰かける姿勢自体も美しすぎる。

（お忍びならもう少し気を付けないとすぐにばれちゃいますよって言いたいけど……でも、あまり踏み込むのは失礼かもしれないしな……）

それに少なくともこの店内では危険はないはずだ。そう思ったシャルロットはあえて何か言うことはしなかった。

（しかし、お忍びの貴族のお客さんが増えるなんて想定外だったなぁ）

原因ははっきりとわかっている。先日の強盗事件が、本当に新聞に載ってしまったからだ。

当初シャルロットはそれ自体がどういうことかよくわかっておらず、ただただ恥ずかしいと思う程度だった。しかし、新聞というのは主に上流階級の人間が読むものであるので、結果としてその層に『珍しい動物のいるお茶とお菓子を楽しむ店』というものが知れ渡った。

最初は今までいなかった客層がやってきたことにシャルロットは驚いたが、そうした客にもほかの客と同様、満足そうに帰ってもらえているので安心していた。

フェリクスやグレイシーにもお茶やお菓子を出していたので不安があったわけではないが、友人という枠抜きでも美味しいと言ってもらえることがはっきりとわかると嬉しいものだ。もっとも、二人とも美味しくないものに対しては無理に美味しいとは言わず、シャルロットのために不味いということを伝えてくれるとは思っているのだが。


そしてティータイムも無事に繁盛したまま過ぎて、アリス喫茶店の閉店時間がやってきた。

今日のティータイムはパフェの注文が好調だったなと思いながら外に出していた看板を片付けに店の外に出ると、よく知った気配が近づいてきたのでシャルロットは思わず顔を上げた。

そこには宮廷魔術師の制服を纏《まと》ったグレイシーが立っていた。

「お久しぶりね、シャルロット。少し、お時間いいかしら？」

「グレイシー様⁉　お久しぶりです！　いつ王都にお戻りに？」

「昨日よ。本当ならすぐにでも来たかったのだけれど……遅くなってごめんなさいね」

グレイシーは宮廷魔術師としての就職が決まった後、休日はその準備に追われ、拝命後は地方で訓練を積んでいたはずだ。しかし王都へ戻ってきているとなれば、その訓練期間が終わったということなのだろう。

「お店はもうおしまいですけど、今から賄いを食べるんです。庶民的な食事ですが、もしよろしければ一緒にどうですか？　そのあと、甘いお菓子とお茶も出しますよ」

「ありがとう。でも、先にこちらを納めてくださいな」

「まあ、可愛いお花！　ありがとうございます」

それは白い小さな花だった。香りはほぼなく、食事をしていても気を取られないものである。

(すごく考えて選んでくださったのね)

その気遣いを思うとありがたさがさらに増す。

「では、遠慮なくお店に入らせていただきますね。でも、本当にシャルロットとお話しするのは久しぶりね。とても嬉しいわ」

「私もです。グレイシー様の制服姿、似合うだろうなと思っていたんですけど、想像以上にぴったりで驚いています」

シャルロットがそういえば、グレイシーは少し照れていた。

「ありがとう。でも、宮廷魔術師になったために、シャルロットが大変な事態になっていたことも知らず、さらにはお店の開店当日に訪ねることができなかったなんて……嬉しいことだったはずなのに、少し悲しくなってしまったわ」

心の底からそう思っているらしいグレイシーの様子に、シャルロットは苦笑した。

ありがたいことだが、シャルロットも彼女の大事な時期を邪魔するわけにはいかなかったのだ。

「シャルロット、看板の片付けにえらく手間取ってるけど、なにかあ……って、グレイシーじゃない」

「久しぶりです、エレノア様」

「どうしてここにいるの？　そんなところで突っ立ってないで、早く店に入ったらいいのに。寄っていくんでしょう？」

そうして積極的にエレノアが迎えてくれるので、シャルロットとグレイシーは顔を見合わせて笑った後、店に入った。

店に入った後はエレノアがグレイシーに席を勧めていたので、シャルロットはミートドリアとオニオンスープを手早く作った。

マネキとクロガネはそれぞれそれらが冷めるのを待つ間にミルクを飲んでいたが、シャルロットたちはある程度熱さがあるほうが好きなので先に食事を始めていた。

「久しぶりにシャルロットが作ってくれたものを食べるけど、やっぱり美味しいわ。お菓子じゃなくて、食事をいただくのは初めてよね？」

「はい。でも、喜んでいただけてなによりです」

「ねえ、シャルロット。これはフェリクス様も食べたことがないものよね？　私、シャルロットに夕食を作ってもらったって自慢してしまおうかしら」

「ええっと……確かにミートドリアは召し上がっていただいたことはありませんが、フェリクス様には時々夕食を召し上がっていただいていますよ。私、今フェリクス様に護身術を教えていただいているので」

その言葉を告げた瞬間、グレイシーが固まった気がした。

「フェリクス様を出し抜いたつもりだったのに……」

「え、あの……申し訳ございません……？」

実は二人はいろいろなことで競争していたのだろうかと思いながらも、悔しがるポイントについてシャルロットはあまり理解できなかった。

しかし、やがて「でもミートドリアを食べたことがないというのなら、そのことについてだけ自慢すればいいのよね」とグレイシーは自己解決したようだった。

やはりシャルロットにはよくわからないが、グレイシーが解決だと思えばそれでいいのだろう。

「食後には紅茶とイチゴのプリンがありますので、楽しみにしていてくださいね」

「ありがとう。なんだか、すごく懐かしいわ。本当に、学生時代に戻ったみたい」

そうしてグレイシーは少し目を伏せたので、シャルロットは違和感を覚えた。

「……もしかして、宮廷魔術師のお仕事を辛く感じていらっしゃいますか？」

グレイシーの口から辛いやしんどいという言葉が出たところをシャルロットは聞いたことがない。しかし、今の言い方だとそれに近い思いを抱いているのではないかと思ってしまった。

しかしグレイシーはすぐに首を軽く横に振った。

「宮廷魔術師のお仕事はまだしていないというか……訓練だけだから、まだ何もできないの。だから不満なんて何もないの。ただ……」

「ただ？」

「久しぶりに帰ったら家の人たちが過保護になりすぎていてすごく居心地が悪いの」

「え……？」

「五日間の休暇を挟んでから配属先を通知されることになっているのだけれど……家に帰ったら、

『訓練課程は辛かったでしょう』『我慢していたことがあるなら融通をきかせるから言いなさい、何かあるだろう』『思っていたのと違うのではないか？　本当はやめたいんじゃないか？』なんていう状態で、家族や使用人たちが入れ代わり立ち替わり私のところへ来て、全然休めないの。せっかくの実家だからゆっくりして、って言ってくれる者でさえ、何かないかとすぐに聞きにくるんだもの。私は少し休息したいのに全然休まらないわ」

「それは……お疲れ様です」

周囲も自身のことを気遣っているからこそだとわかっているので、グレイシーも強く言うことができないのだろう。

しかしそれほど人数がいるとは、やはりグレイシーはお嬢様なのだなとシャルロットは思ってしまった。

「そこで……実はシャルロットにお願いがあるの」

「私ができることでしたら、なんなりと」

「ここで私も働いてみたいの。ダメ？」

「え？」

その言葉にシャルロットは目を瞬かせた。

「気分転換しなさいっていうのが五日間の休暇の指示なの。邪魔にならないよう、細心の注意は払うし、お給金はもちろん要らないわ」

「ええっと……それはもちろん問題ありませんが、大丈夫ですか？　訓練でお疲れなのでは……」

「シャルロットと一緒に働いていたらきっと、その疲れも吹っ飛ぶわ。先程エレノア様からどういう仕事があるのかお聞きしたの。だから、ね？」

「でしたら……明日は営業日なので、ぜひお手伝いをお願いします。ただ、明後日は定休日なのでお願いできませんが……」

その次の日は仕事に戻る前日だ。グレイシーにもすべきことがあるだろう。

そうシャルロットが思っていると、グレイシーは両手を合わせて軽く音を立てた。

「そうだわ、シャルロット。もう一つお願いができたの」

「な、なんでしょう？」

「私がしっかりと一日お仕事ができたら、お店の定休日、一緒に一日、リラックスして過ごさない？」

「え？」

現時点でシャルロットは特に定休日の予定を考えてはいない。

しようかな、と思っていること……例えば新メニューの試作などがないわけではないが、必ずしも明後日しなければならないことではない。少なくとも久しぶりに会ったグレイシーからの要望を撥《は》ねつけるような用事ではない。

「グレイシー様がよろしいのでしたら、ぜひお願いします。私もゆっくりする時間は大切だと思いますから。でも……二人でできるリラックスってどういうものがあるでしょう？」

それについてはグレイシーも考えていなかったようで、目を瞬かせていた。

「いろいろあると思ってたけど、いろいろありすぎて決め手に欠けるわね」

「ですよね……」

そして何がリラックスになるのだろうと考え始めたとき、思わぬ声が飛んできた。

『それならば、やはり昼寝が一番ではなかろうか？』

そう得意げに言ったのはマネキだった。なるほど、確かに昼寝はリラックスできるとは思うのだが……一緒に昼寝をするというのはグレイシーの希望とは異なる気がする。

「あら、マネキさんも一緒にリラックスした日を過ごしてくれるの？」

どうやら召喚師ではないグレイシーには、先程のマネキの言葉が猫の鳴き声にしか聞こえなかったので、内容まではわからなかったらしい。

「ええっと、マネキはお昼寝がいいのではと提案していますね」

「まあ、シャルロットには言葉がわかるのね。それに、その提案は素敵」

『そうか⁉　ならば、日向《ひなた》で寝るほうがよいだろう』

提案が喜んで採用されたことに、マネキの声は弾んでいた。

しかし相変わらずグレイシーに届くのは猫の鳴き声のようなので、彼女からはすぐに通訳を求めるような視線を受ける。

「ええっと、どうせ寝るなら日向のほうがいいだろうって言っています。……日向で寝るっていってもここだと難しいし、公園でグレイシー様が寝るわけにもいかないし……どうせならピクニックに行きますか？　軽食とお茶を準備しますから」

説明しながら、シャルロットは名案ではないかと思ってしまった。

ただ寝るだけではいまいち休日のリフレッシュというものには欠けている気がするが、これなら気分転換にも十分になるのではないか。

そう思っていたら、エレノアも急に声をあげた。

「ええ！　お昼寝だけなら興味なかったけど、それなら私も行きたい！」

どうやら彼女は、食事付きと聞けば黙ってはいられないらしい。

「天気については任せてちょうだい。私の精霊としての能力を存分に発揮して晴天を呼び寄せるわ」

「……ねえ、エレノア。その力を使うことによって私の魔力を使いすぎるってことないよね？　私、無事だよね……？　天気を変えられるっていうのは聞いていないんだけど」

しかし予報を聞いた人の希望に合わせられないとは言っていたが、できないとは確かに言っていなかった。

（あれは、全員の希望を聞けないって言っていただけなのかな……？）

しかしできるとしても、この世界にいる間のエレノアの消費魔力はシャルロットが肩代わりすることになっている。そのような大掛かりなことをするのであれば、倒れかねないと思わずにはいられない。

「大丈夫。こっちの世界の知り合いにちょっと強めにお願いするだけだから。私が実際に力をつかうわけではないから、安心してね」

「……それはそれで心配なような」

まるで圧力ではないかと思ってしまう。

「ああ、逆に雨を降らせたいときも言ってちょうだい。一日くらいなら交渉するから」

精霊女王からの圧力で天気が変わる……ということなのだろうか。ひとまずシャルロットは深く考えないようにするため、聞かなかったことにした。

「楽しみだわ。お願いして本当によかった」

「私もグレイシー様と一緒にお話しできるのは嬉しいですし、まさか一緒に働いてくださるとは思っていませんでした。忙しい中、私と一緒に過ごすことを選んでくださってありがとうございます」

しかしシャルロットの言葉にグレイシーは軽く首を振った。

「一番大事な時期に何も相談に乗れなかったし、お手伝いもできなかったし……そもそも知らなかったから、その時間を取り戻したいのよ。私の我儘《わがまま》。シャルロットのためじゃない」

「え……だってグレイシー様は合格なさってからそちらのほうがお忙しかったですし、むしろこんなことでご面倒をおかけするのは私としても不本意ですよ」

「それもわかってはいるわ！　でも、試験のことを聞いたときから心配していたの！　元気で安心したというか、私が心配することなんて何もなかったと思うのだけれど……」

ごにょごにょと言っているグレイシーの言葉を聞きながら、一番の理由はリフレッシュよりも様子見だったのかとシャルロットはありがたく思った。ならば、現在は大丈夫だということをしっかりと見てもらえただろうとも思う。

「でも、お昼寝に行くならフェリクス様も呼んでおくわね」

「え？」

「だって、みんなでお昼寝をするなら一応見張り番も必要でしょう。それに、フェリクス様にとっても気晴らしするよい機会だし。ちょうどお休みのはずだから」

確かに気晴らしとしてはいい機会になるかもしれないが、お昼寝に行くので護衛をお願いしますというのは手間をかけさせるだけなのではないか。

しかし、グレイシーには遠慮がなかった。

「可愛い後輩二人と遊びに行くのよ。フェリクス様も美味しいお茶とお菓子があれば、それだけで満足なはずだから」

得意げにグレイシーは言うが、果たしてそれを信じてよいのかシャルロットにはわからない。

しかし面倒見のよいフェリクスがグレイシーの頼みを断る姿も、あまり想像ができない。さすがに仕事であれば別だろうが、休みなら話にのってくれそうだ。

「では……美味しいものを用意させていただきますね」

「ありがとう。じゃあ、私も明日は張り切って働かせていただくわ」

「グレイシーは心配しなくていいわ。リーダーの私がしっかりと教えてあげるから」

そうエレノアが言い切った後、シャルロットたちは三人で声を合わせて笑った。


そして、翌日。

約束の時間より余裕をもってグレイシーはやってきた。

「まずは掃除ね」

そう言いながらグレイシーはほうきを扱っていた。魔獣を倒す令嬢なのだからほうきが使えることくらいで驚くのも不思議な話ではあるのだが、それでも見たことのない姿を見るのはシャルロットにとって新鮮だった。

(グレイシー様のご実家……ガルシア家って、確か辺境伯爵よね。うん、実質的に侯爵家。絶対おうちでお掃除をなさる必要なんてなかったはずなのに……?)

しかし、それにしてはほうきさばきが慣れている。

「グレイシー様、お掃除ってお好きです?」

「え? そうね、好きだと思うわ。機密書類も多いから部外者が立ち入りできない関係で、新人の仕事は職場の掃除から始まるけれど、一日が始まるって感じで切り替えになっていいと思うわ」

なるほど、そういう理由で好んでいるのかと思うと、シャルロットは納得した。

「それより、あとで見てちょうだい。私、今日は変装用品を持ってきたの」

「え?」

「貴族の子もきているというでしょう? 魔術学院で顔見知りだった子がいるかどうかまではわからないけれど、社交界にいらっしゃる方なら私に気づいてしまうかもしれないもの。そうなるとリラックスできないかと思って、念のためね」

「たしかに、お忍びでいらっしゃってますもんね」

「そういうこと。シャルロットに対する営業妨害になっては嫌だもの」

少し茶目っ気を交えて言われ、シャルロットはそれに笑って返した。


やがて、店が開店する時間がやってきた。

「グレイシーは私の真似をしてくれたらいいから！」

「ありがとうございます。今日を楽しみにしてたので少し勉強もしてきましたが、それでも不安なので心強いです」

エレノアに気合たっぷりに答えるグレイシーにシャルロットは疑問を抱いた。

「勉強、ですか？」

「ええ。昨日別れたあとに、時々行ってた飲食店で接客について聞いてきたの。っていっても、たぶんこのお店とは雰囲気が違うけれど……」

「えっと、例えばどういう風に……？」

「夕食時には音楽の生演奏が流れているお店ね」

たしかにそれはシャルロットの店と違うかもしれない。そもそもグレイシーが時々行く店というのは高級店であると思う。

「まだシャルロットには仕事が残っているみたいだったし、さすがに聞けなかったもの。大丈夫、基本的な動きしか聞いていないから変な癖もつけてないわ」

そういえばグレイシーは学生時代も予習復習を欠かさない性格だったなと思いつつ、そこまでしっかりされるとシャルロットも緊張してきた。

（うん、でも大丈夫。私はいつも通りやるだけだから）

一度深呼吸をしてからシャルロットはドアに手をかけた。

「じゃあ、開店で」

そして扉が開くと、外に待っていた客数人がすぐに反応した。

「お待たせしました。本日はモモギ茶を二割引きでお出しします、日替わりケーキはイチゴのチーズケーキです！」

その声と共にシャルロットはメニューを記載した黒板を外に置いた。

「シャルロットちゃん、今日は持ち帰りでサンドイッチを頼みたいんだけどできるかい？　照り焼きチキンのものを用意しておいてほしいんだ」

「大丈夫ですよ、念のため注文のときに一緒に言ってくださいね」

「マスター、今日はクロガネさん型のクッキーあります？」

「残念、今日はマネキとクロガネの肉球型クッキーですね」

「なぁ、マスター。あの美人さんは誰？　美人ばっかり知り合いなの？」

「私のお友達ですよ。いいでしょう？」

声をかけられた客に一つ一つ返事をするシャルロットは風で飛ばないよう黒板を設置し終えると同時に店の様子を眺める。

するとグレイシーがすでにエレノア同様完璧な誘導を行い、注文を取り始めていたことに気づいた。

（……これは負けていられない！）

そう思ったシャルロットは、厨房へと急いだ。

するとすぐに二人からの注文が届いた。

「マスターがどうお客様を満足させていらっしゃるのか、拝見できることを楽しみにしていますね？」

いつもと異なる呼び方をしてきたグレイシーはとても楽しんでいるようだった。

ならばここは腕を見せなければとシャルロットにも気合が入った。

（紅茶が二つとフルーツパフェね）

シャルロットはさっそく紅茶の準備をすると、パフェに載せるフルーツをカットした。

最近シャルロットは、特にフルーツなど軟らかいものを切るときは包丁よりもエレノアの力を借りて魔術で切ったほうが速いということに気が付いた。もちろん包丁でも切れるしエレノアがいないときのためにも包丁でも切ることは続けているが、時間との勝負になる場合ではこちらが圧倒的に便利である。だから今回も魔術を使って一瞬で果物を飾り切りした。切れた果物を器にスポンジやアイスと共に盛り付け生クリームで飾れば、あっという間に完成だ。

「はい、お待ちどおさま。紅茶はこの砂時計の砂が全部落ちたらいれてってお客様に言ってくださいね」

「……シャルロット、凄い動きね。もう何年も働いているプロみたい」

目を瞬かせたグレイシーにシャルロットは笑った。

「まだまだこれから忙しくなりますよ。グレイシー様も覚悟してくださいね？」

「ええ。でも……今日の営業が終わったら、そのパフェもぜひ試食させてくださいな」

「もちろんです」

そして開店直後の穏やかな時間が終わり昼時が近づくと、徐々に店の客も多くなる。

普段はこの時間帯になると、たびたびエレノアには魔術による皿洗いをしてもらうのだが、一度それを見たグレイシーが『それなら私にもできそうだわ』と自ら買って出てくれた。おかげでエレ

ノアにはラテを作る作業も手伝ってもらえる。この時間に出すラテはステンシルラテアートなので、エレノアの作業も早い。

「えーっと、作る順番はマネキの顔、犬っころたち、バラの花ね。……よし、すぐ仕上げるわ」

「グレイシー様、もしホールが厳しかったらすぐにエレノアも私も手伝いにいくので！」

「マスター、今の私は店員のグレイシーでグレイシー様じゃないわ。というより、ずっとグレイシーって言ってもらって構わないのよ？」

「……では、グレイシー。よろしくお願いしますね」

「任せてちょうだい」

普段は二人で店を回しているとはいえ、グレイシーがあまりになれた動きをするからシャルロットたちも違和感なく頼ってしまう。そして、理解した。

（店員、増やそう）

まずは前々からセレスティア語を学んでいるという精霊たちから勧誘しようと考えながら、シャルロットは心に決めた。まだ大丈夫だと思っていたものの、実際に一人増えると全然余力が違っている。グレイシーほど最初から動ける人材はそういないと理解していても、いつか三人でこうなってくれるならと思えば早いうちからお願いするのもいいだろう。昼時だけでも、頼みたい。

そんなことを考えていたときだった。

「……表、なにかトラブルね」

「うん、私にも聞こえた」

詳細までは聞こえなかったものの、女性が声を荒げているのはシャルロットの耳にも届いたので、すぐに表へ出た。

「あら、店主がいるじゃない」

高圧的な口ぶりの女性に、シャルロットの眉間には皺《しわ》が寄った。

（……ここまでわかりやすく貴族っていう印象のお客さん、初めてかも）

今までお忍びでこの店にやってきていた上流階級の者はいるが、こういうタイプの人間はアリス喫茶店には初登場である。ただ、そのうちこの系統の嫌がらせがくるのではと想定していたので驚きまではしなかった。

「確かに私が店主です。大きな声を出されていたのはどのようなご事情からでしょう？」

まずは落ち着いた対応をするしかない。そう思ったシャルロットに女性は溜息をついた。

「私《わたくし》、急いでいるの。すぐ席を用意してちょうだい。そこの店員は順番があると言って聞かないの」

「はい。ただ今混み合っておりますので、並んで順番をお待ちください。七番目ですね」

用意できて当たり前だと言わんばかりの女性に対し、シャルロットは一切迷うことなく返答した。

あまりに即答だったためか、女性は目を見開いている。

「……あなた、言っている意味がわかっているの？　望みの金額を支払ってあげるわよ？」

「必要な額はメニューに記載されている通りですので、チップは不要です」

「私を誰だと思っているの？」

「貴族の方とは存じておりますが、お名前までは。何か問題が？」

そのシャルロットの回答に女性は目を見開き、そして睨む。

「無礼ね。私の望みを断ることで、今後お店に悪影響があるかもしれないわよ？」

「私にとっては皆同じお客様です。貴族だからと特別な対応をお求めでしたら、そういう店をお探しください」

臆することなくシャルロットが言うからか、店内の客もこのやりとりに釘付けだった。

「貴族を優先せよという法律はありません。自分の立場を利用して優先するように強要するとなれば、その振る舞いは恐喝《きょうかつ》とも捉えられます。衛兵を呼べばきっと醜聞《しゅうぶん》も広がってしまいますが……構いませんか？」

「な……」

女性は固まって目を見開いている。

（あ、やり過ぎたかも）

本当ならこれで撤退《てったい》してもらう予定だった。しかし女性は反論されるとは思っていなかったのか、動きすらしないのは想定外だ。だが……このままここに居座られると邪魔である。

「……もちろん、あなたもご冗談を仰ると思いますから、貴族らしい対応をしてくださるならこちらも人を呼ぶつもりはありません。ですが、質《たち》が悪い冗談を二度も受け流すつもりもありません」

「ま、まぁ、今回は私も時間がございませんからこのくらいにいたしましょう」

そう言うと女性は連れに声をかけて逃げ帰った。

客たちはその様子を唖然《あぜん》として見ていたが、やがて喝采《かっさい》が起きた。

「お嬢ちゃん、もう、最高じゃない！　スカッとしたわ！」

「根性あるな、マスター！　ひるまずに本当のことを言えるなんてたいしたもんだ。普通びびるぞ」

「いやぁ、立派だよ！　お貴族様に『悔しいの我慢してますー』って顔をさせてすごいよ！」

客たちの盛り上がりにシャルロットは戸惑った。そんな中、グレイシーに肩をポンと叩かれる。

「……実際に働く姿を見るまでは心配もしていたんだけど、すっかり頼もしいマスターになっているのね」

「え？」

「度胸がすごいわ。これぞ店主の器《うつわ》というものなのかしら？」

「いや……その、多額の借金をしてお店を開いてから割と動じなくなった、かな？」

「安心した。きっとフェリクス様も同じことを思っていそうだわ。でもさっきの令嬢……キャリー・ホールドには報復を受けてもらわないとね」

「え？」

「ううん、なんでもないわ。それより、お仕事お仕事！」

何でもないと言われても、こそっとグレイシーが呟いた一言は聞き逃せなかった。


そして、翌日の定休日。

シャルロットたちは王都から少し離れた草原に来ていた。

グレイシーとフェリクスは馬をそれぞれ持っているので馬に乗っての移動だったが、シャルロットは馬を持っていなかったのでどちらに乗るかという話になりかけたのだが……そのとき、クロガネが提案してきた。

『主は私に乗ってくだされぱいいかと』

その一言で、巨大化したクロガネに乗ることになり、一緒に乗っているマネキと共にふさふさな毛皮を感じながらの移動となった。

草原には花が咲き、ところどころに休息によい木陰になる木も立っている。

シャルロットとしては豊かな自然に感激するほどだったが、歓声を上げたのはシャルロットだけだった。不思議に思って振り向いてみれば、グレイシーとフェリクスは二人でまじまじとクロガネを見ていた。

「……すごいな、クロガネ様は。だいぶ力を抑えてこのペースか」

「それよりも、やはりこの姿……。小さい姿も可愛いですすけど大きく力強い姿も素敵ですね」

（えーっと……せっかく外に来たのに……？）

しかし二人はシャルロットとは違い、普段は巨大化したクロガネを見ることがない。ならばこうしてクロガネを見ることのほうが外の景色よりも珍しいのかもしれない。

「シャルロット、帰りはクロガネ様に乗せてくれないか？　もちろんクロガネ様さえよければだが」

「ずるいですよ、フェリクス様！　私のほうが乗りたいと思っていますから！」

「えっと……クロガネは構わないと言っていますが、私は馬に乗れないので乗るなら今にしてください。帰りはダメです。あと、順番はじゃんけんで決めてくださいね」

シャルロットがそういうと二人は『じゃんけん？』と首を傾げていた。そういえば養護院ではシャルロットが決めた勝負方法として遊んでいたなと思い出し、二人にじゃんけんの説明をした。

結果勝ったのはフェリクスだったが、結局は従妹に譲るつもりだったらしい。

シャルロットとフェリクスは木陰でグレイシーとクロガネの様子を眺めていた。マネキはそのそばで日光浴を楽しんでいる。

「お休みの日にお付き合いいただいてありがとうございます、フェリクス様」

「特に用事もなかったし気にしないでくれ。それに、お前たちとの遠出も学院以来だし。あとで昼寝をするんだろう？　しっかり見張っているから思う存分満喫してくれ」

本当に気にしていない様子であるが、昼寝のために騎士に護衛をさせるのはさすがに気が引ける。

それに……。

「お昼寝もいいなと思っていたんですが、せっかくのこの景色を楽しまないのはもったいないので私はお昼寝はやめておこうかなと。逆にフェリクス様がお休みになるなら、私がしっかり見張りますよ。それに、ちらほら薬草も生えているので、摘んでいこうかなと思いますし」

「なら、今から摘むか？」

「それでもいいんですけれど……それより先に、お茶の準備をしようと思います」

「さすが準備がいいな。そういえば、エレノア様は？」

「準備ができたら呼んでほしいって聞いています。今はたぶんお仕事をしているはずです」

「……エレノア様も来るなら、甘味《かんみ》もあるということか？」

その通りなのだが、あまりに的確な推察にシャルロットは噴き出した。

「時間的に小腹がすく頃だと思いまして。今日はフルーツサンドを持ってきてるんですよ」

パンにカスタードクリームを塗り、薄く切ったいろいろなフルーツを挟んだサンドイッチは甘くてボリュームも完璧だ。おまけに断面もカラフルで見ていても楽しい一品である。ついでに言えば、今後店で出そうかと考えている品でもある。傷むと困るので、保冷石と一緒にバスケットに入れてきた。


「甘いサンドイッチか。食べたことはないな」

「美味しいんですよ、びっくりしてくださいね」

「驚きならいつも味わっているし、お前が作るものは全部美味い」

「あー、ちょっと、私がクロガネさんと遊んでいる間に！」

シャルロットたちがお茶の準備をしていることに気づいたグレイシーはクロガネと共に勢いよく戻ってきた。

「まだお茶は淹れていないから安心してください。グレイシーのいない間に勝手に始めたりはしませんから」

というよりも、エレノアを呼んですらいないのでまだお茶が淹れられないというのが実際のところでもある。だが、シャルロットの言葉にフェリクスが首を傾げた。

「……前からグレイシーって呼んでいたか？」

「いえ、昨日からです」

「そうよ、いいでしょ」

自慢することなのかシャルロットにはよくわからないが、得意げになってもらえるほど気に入ってもらっているのならもっと早くから呼んでいればよかったかなとも思ってしまった。

（まあ、今から過去のことは変えられないし。それよりお茶の準備、お茶の準備）

火をおこすためにエレノアを呼ぼうか、もしくはクロガネも火の魔力を持っているのでクロガネの力を借りようかと考えていると、突如不穏な気配を感じた。

それはシャルロットだけではなく、フェリクスやグレイシーも同じだった。

「……これ、魔獣の気配ですよね」

「ああ。まだ遠いが……こっちに来る気配は、今のところないな」

「このあたりに出現するなんて聞いたことはないのに」

フェリクスは剣を抜き、グレイシーは小振りな杖を取り出す。シャルロットはマネキを抱えた。

そして気配を感じる森の方向を見ていたら、突然マネキが震えだした。

『我が主、人間がいるぞ』

「え？」

自分たち以外の人間の姿はシャルロットには見えない。

自分の視力はいいほうだ。けれど、やはりどこにも姿は見えない。

『馬車があり、人らしき影が必死に逃げているようだ。この辺りの景色ではなく、もっと遠くの景色……か？　靄《もや》がかっているが……まるで、話に聞いていた千里眼で見る景色のような……』

「千里眼……？　マネキ、千里眼を使えるようになったの⁉」

シャルロットは驚き、思わず大きな声を出した。

もとよりマネキは千里眼が使えるオオネコという種族だと自分で言っていた。ならば、ついに今まで使えなかったという特殊能力が目覚めたのかもしれない。

シャルロットの声にマネキは目を瞬かせていた。

『まさか……これが千里眼……なのか……？』

長年使うことができなかった力が使えるようになったとは、まだ現実だと認識しづらいのだろう。

マネキは明らかに戸惑っていた。

しかし、だからといってゆっくり確認している暇はない。

「おめでと、マネキ。早速だけど、私に人が見える方向を教えてくれるかな？」

『ああ、我が主。……我が、道を案内する‼』

「シャルロット、今、なんの話をしているんだ」

「マネキが、人が襲われてるのが見えるって言っているんです。すぐ行きましょう‼」

シャルロットはそう言うとすぐにクロガネに飛び乗った。

「シャルロット、後ろ失礼するわね！」

グレイシーもシャルロットと一緒にクロガネに飛び乗る。

同時にフェリクスは指笛で自分の馬を呼んだ。

「先に行け、すぐに追いつく！」

「はい！」

方向だけならシャルロットも感知できるほどの気配であるし、クロガネにもわかるのだろう。

猛スピードで木々の間を走るクロガネに方角の指示は必要ないらしい。人が通る道ではないため背の低い草が多く生えているが、走るのには支障なかったのは幸いだった。

『主君、戦闘の際は私の力を利用してください。火の攻撃であれば光の精霊にも負けません。私は指示を受けぬ限りは自分の判断で戦います！』

「わかった！」

しかしわかったと言いつつもクロガネの力を借りたことは未だない。

少し不安はあるが、その不安というのは力が信じられないというものではなく、強すぎる力を使いこなせるのか不安があるということだ。

もっとも、考えていても仕方がない。

『到着します！』

そう言ったクロガネは急に左へと曲がり、幅の広い街道へと出た。

ただし街道といっても土を固めただけの道で、まだまだ左右には木々がある。

しかし視界が開けたことでマネキの言っていた靄というものがシャルロットたちにもしっかり見えた。

その正体は靄を纏った蛇の魔獣だった。ただし魔力を持たない人間には蛇の姿は捉えられていない。この蛇はそういう種族なのだ。

マネキが言っていた馬車はすでに放棄され、乗員たちは少し大きな岩の上に避難して、御者が鞭《むち》を必死に振っているものの靄にはまったく効いていない。

（それにしても蛇の数が多いけど……怪我人もまだいないみたいなら問題ないね）

シャルロットとグレイシーはクロガネから下りた。

同時にフェリクスも追いつき、馬から飛び下りた。

「とりあえず……あの方々の安全を優先しましょうか」

そういうとグレイシーは、必死で蛇に抵抗する人々のほうへと杖を向けた。

すると地面が揺れ、一瞬で土壁が築かれる。

「ひとまず、そこで静かにしていてくださいね！　中にいれば安全ですから！」

そうグレイシーが言ったときには、フェリクスが次々と蛇に切りかかっていた。シャルロットがクロガネの背中からマネキを下ろすと、クロガネも戦闘に加わった。二人の戦い方は蹴散《けち》らすと表現するのがぴったりだった。

「じゃあ、クロガネ。私も力を借りるよ」

シャルロットは自分の右手に魔力を集中させてクロガネから力を呼び寄せる。

直後、シャルロットの手からは猛火が生まれた。

その勢いに思わずシャルロットは目を見開いた。

(煉獄の番犬って言われてるし火の属性の気配は強かったけど……ここまで⁉)

火に特化しているせいだろうか、シャルロットが想定していた威力と実際の威力が乖離している。

(でも、人のいないところなら……！)

そう思ってシャルロットは特大の火球を投げ込んだ。

「シャルロット、いつの前に威力上げたの⁉」

「たった今です！」

グレイシーに驚かれたが、驚いたのはシャルロットも同じだ。

「とりあえずそっちは任せるわ。私は怪我人がいないか確認してくるから」

「うん！」

しかし、すでにフェリクスとクロガネがほぼ片付けていたこともあって、残りの数は少ない。

先程の威力を少し落とすとしても、道に穴をあけてしまえばあとでグレイシーに魔術による整備を頼まなければいけないので、それも申し訳ない。

そう思っていると、マネキが再びきょろきょろと周囲を見回していた。

「どうしたの、マネキ」

『いや……あちらこちらに妙に大きな卵が見えることを不思議に思っていたのじゃ』

「大きい卵？」

いまいち要領を得ないと思っていたのだが、マネキに見えているものが能力によるものであれば、シャルロットもその力を借りられるはずだ。

遠くが見えるイメージというのがいまいち理解できないので、シャルロットは少しでも力を受け取りやすいようにマネキを抱いた。

「マネキ、力を借りるね」

すると目が熱くなるような力が突然流れ込んでくる。

思わず目を閉じたが、脳裏には周囲の風景が飛び込んできた。確かにとても鳥の卵には見えないような大きさの卵がいくつもある。

「……これ、この魔獣の卵だ」

これがすべて孵化《ふか》してしまえば再び被害が出ることだろう。

「フェリクス様、クロガネ！　周囲に魔獣の卵がたくさんあるみたいなので、私たちで潰《つぶ》してきます！」

「卵だけか⁉　ほかには」

「動いている成体の気配はしないのでクロガネの力があれば大丈夫です！」

そう答えてシャルロットはマネキと共に卵を潰してまわることにした。

しかし、これほどの数の卵があるということは、周囲に卵を産めるだけの大きな成体がいたということなのだろう。しかも、数からしてわりに長い間ここにいるようだ。

（とはいえ、周囲にほかの気配は感じられないけど……）

『巣はあるが、主は不在のようだな。しばらく戻った様子もないようだ』

「それも見えるの？」

『……いや、魔獣の巣かどうかの自信はないが。もしかしたら熊の巣かもしれん』

「とりあえず、あとでフェリクス様たちにも見てもらおう。本当にその巣が魔獣のものだったら、巣に戻ってきたときに騎士団の方が対処してくれるかもしれないし」

さすがに森にいる間に戻ってきたらこのまま対処するべきかとは思うが、長く不在であるならいつ戻ってくるのかわからない。それを自分たち三人だけでずっと見張っているのは厳しいだろう。

（……でも、フェリクス様はお仕事に戻らなきゃだなぁ。もしかしたらグレイシーもかな）

魔獣を倒せて人を助けられたことは幸いだが、二人にはまた別の機会にゆっくり休んでほしいと思ってしまった。

「そういえば、マネキ。力が目覚めたのは突然のことなの？　以前から兆候《ちょうこう》があったとか？」

『……急に力が湧いてきたのだが、どうやったのかはさっぱりわからんのだ。そして……先程気を抜いたら、もう見えなくなっておるのじゃ。今後も使える力なのか、今回限りの力なのか……わからん……』

徐々にマネキの声は小さくなるが、シャルロットにはその原因に思い当たることがある。

「マネキ、あなたお腹がすいているんじゃない」

『なぬ……⁉』

「私から魔力をもらってはいるけれど、あなた自身の集中力までは補えないわ。たぶん、お腹がいっぱいになったらまた使えるんじゃないかな」

シャルロットもその理由に確信を持っているわけではないので、多少無責任な励まし方かもしれないとは思う。

しかし、空腹だからこそ余計にナーバスに考えているのかもしれないとも思うのだ。

それなら前向きに考えるためにもやはり一度食事をとるべきである。

その状態であれば、もし使えなかったとしても今よりは前向きに考えられると思う。

「ほら、戻ったらマネキのお祝いもしなきゃいけないじゃない。一度は力を得られたのだもの。お祝いは必要でしょう?」

『我が、祝ってもらえるのか?』

「もちろん。だから、お腹いっぱいになってもまだ使えなかったら、もう一回使えるように一緒に頑張ってみようか」

そう提案すると、マネキは耳を動かしながら興味を示していた。

(……使えるかどうかより、お祝いの中身を楽しみにされていそうな気はするけれど)

しかし、ナーバスな考え方から脱出できたのであれば今はそれでいいだろう。

卵をすべて潰し終えてから皆と別れた場所までシャルロットが戻ると、道は綺麗に元通りになっていた。馬車はある程度破損《はそん》しているが、車輪は無事だったようだ。襲撃直後に退避していたらしい馬も戻っており、帰りの道中、不便もないことだろう。

シャルロットが戻ったことに気づいたらしい馬車一行のうち、一人の男がシャルロットに駆け寄った。

「あなた様がこの場所を見つけてくださった方ですね！」

「え⁉」

見つけたというのであればマネキなのだが、マネキはそれに応えるように『ニャー』と鳴き声をあげていた。

ただし、シャルロットにはいつも通り『我が主のお陰だぞ』という声のほうで聞こえていたが。

しかしそのせいで猫まで同意したと誤解が生まれ、周囲からも歓声が漏れる。

シャルロットはフェリクスとグレイシーが訂正してくれないかなと思ったものの、二人も特に口を挟むつもりはないようだった。マネキのほうで不満がなさそうなら、それでいいのだろうと思っているのかもしれない。

「本当にありがとうございました。あちらの騎士様たちから、あなた様は商売をなさっているとお聞きしました。わたくしどもは行商人でございまして、王都でも手広く商売をいたしております。もしご協力できることがございましたら、テイラー商会のクラウスにお伝えくださいませ。主に輸入雑貨を扱っております。決して大きな商会ではございませんが、アリス様からご要望いただきました折にはできるだけ融通させていただけるよう、努めさせていただきますので……！」

「その申し出は大変嬉しいのですが、そこまでしていただくのは申し訳ないような……」

「何を仰いますか！　慣れた道であるからと、私は大切な商品を運んでいるというのに護衛を雇うことをしておりませんでした。もしここで私たちが全滅していれば、お客様に混乱を招くだけではなく、私たちの家族にも辛い思いをさせるところでした。ですから、この程度ではお恥ずかしいほどです」

「で……でしたら、よろしくお願いいたします」

「では、お礼は後日改めて」

「いえ、本当にお気遣いなく。災厄《さいやく》に見舞われた方にそこまでしていただくのは、申し訳ありません。仕事柄、今後お世話になることもあると思いますし、もしいらしてくださるのでしたら純粋にお茶を楽しみに来てくださると嬉しいです。サービスさせていただきますので」

そんな風にシャルロットが笑うと、相手は深々と頭を下げた。

「ご配慮、ありがとうございます。今後とも、よろしくお願いいたします」

そうして馬車のほうに男が戻っていくのを見た後、シャルロットはフェリクスに近づいた。

「フェリクス様、魔獣の卵、この一帯にあったものは潰してきました」

「助かった」

「ですが、大きな……おそらく魔獣たちの母体の巣があるみたいで。しばらく巣に戻っていないようなのですが、いつ戻ってくるかわからないということですので、ここが落ち着いたら見ていただけませんか……って、あれ？　クロガネは……？」

シャルロットがここを去るまではフェリクスと共に戦っていたはずのクロガネが、付近には見当たらない。

「ああ、クロガネ様ならもうすぐお戻りの予定だ」

「あの、どこへ……？」

そうシャルロットが疑問符を浮かべていると、遠くからその気配が徐々に近づいてくる。

どこへ行っていたの――とシャルロットは尋ねようとしたが、戻ってきたクロガネが咥えているバスケットを見て思わず叫んだ。

「あああ、ありがとう！　それ、持ってきてくれたんだね！」

シャルロットの持ってきたバスケットには食事も茶器も入っている。

保冷石を入れているとはいえ、食べ物を長時間放置しておくことには不安もある。

礼を伝えながら、シャルロットはクロガネの頭を撫でた。

「クロガネ、本当にありがと」

自分が気を配る余裕がなかったことをカバーしてくれるクロガネはとても頼もしい。

「……感激しているところ悪いが、近くに大元の巣があるんだな？」

「あ、はい」

「わかった。あの人たちが無事出立《しゅったつ》したら、俺たちも見に行こう」

ここから王都までの道中に再び魔獣が出るとは考えにくい状況だが、襲われたばかりで不安も残っているだろう人たちをここに置いたまま向かうことはできない。

それにはシャルロットも同じ考えだったので、素直に頷いた。

「だから……景色は先程のところほどよくないが、ここでそれを食べないか？　まだ出発までにはそれなりに時間がかかりそうだし」

「え？」

「せっかくクロガネ様が持ってきてくださったし。優雅にお茶……とまではいかないかもしれないけれど、水でいいなら俺が魔術で用意できる」

『それ』がフルーツサンドのことを指しているのは、その視線から理解した。

『そうだ、我もそれを食せば先程の力が戻るかもしれないと、主《マスター》は言っておった……！　我も食べたいが、よろしいか！』

　フェリクスに同調したマネキも興奮気味で、全力でしっぽを振っていた。

　それに合わせるかのようにクロガネも自分の尾を振り始める。

　そうしているうちにグレイシーも皆が集まっているのに気づいたらしく、馬車の一行から離れてシャルロットたちのもとへとやってきた。

「ねえ、何して……って、それ！　ちょうどお腹が減っていたの、嬉しいわ」

　もはや食べることは確定事項としたうえで告げるグレイシーに、シャルロットは我慢できず笑ってしまった。

「そうですね、では、食べましょうか」

　そしてシャルロットがバスケットを開ける。

「どうぞ、お好きなものを取ってください」

「じゃあ、遠慮なく」

まずはフェリクスがオレンジをたっぷり挟んだフルーツサンドを手に取った。

フェリクスは同じものを小皿に入れてマネキにも渡していた。どうやらマネキが同じものを見ていたので一緒にとってくれたらしい。

次にそれを見たグレイシーはイチゴが挟んであるものを手に取り、小皿に入れてからクロガネにも渡した。クロガネは食べる準備のためか、小さな柴犬姿になっている。

続いてシャルロットは、まだ誰も手を伸ばしていなかったリンゴのフルーツサンドを選ぶ。カスタードクリームに合うように味を調整したリンゴのコンポートを入れたサンドイッチは、見た目は地味でも美味である。

シャルロットが手に取ったところで、揃ってそれぞれがフルーツサンドを口にした。

(うん、美味しい。一仕事したあとだから、より美味しく感じちゃうかも)

そんなことを思いながら、シャルロットは口の中から自分を癒してくれる甘味に安らいでいた。

それから、周囲の反応を静かに窺った。

皆黙々と食べていて声は発していないものの、そのペースは通常より速い。

シャルロットはその様子ににんまりと笑いたくなるのをグッとこらえた。

せっかく味わってもらっているのだ、不審な表情を浮かべることで皆の注意を引いてしまえば台無しである。

「……これは、他では味わえないものだな。うまい」

やがて一つ目のフルーツサンドを食べ終えたフェリクスがしみじみと呟いた。

フェリクスが二つ目に手を伸ばしたところで、グレイシーも一つ目を食べ終えた。

「本当に凄いわ。甘くて、口に溶けていくようで……いくらでも食べていられそうだわ」

「果物もみずみずしいな」

「ええ、本当にその通りですね」

「青果店の方がよくしてくださって、その日一番美味しいだろう果物をいつも選んでくださるんです。でも、加工しているこちらのリンゴのサンドもとても美味しくできているので、ぜひお試しいただければ嬉しいです」

「じゃあ、私は次にそれをいただくわ」

そうして勢いよく二つ目に手を伸ばしたグレイシーはそれを口に運んだ途端、満面の笑みを浮かべた。

しかしそれもつかの間のことで、すぐにとても真剣なまなざしをシャルロットに向ける。

「ねえ、シャルロット。これ、絶対に売れるわ。だから、ぜひお店のメニューに加えていただけないかしら……？」

「え？　ええ、その予定ではいるのですが……」

てっきりもっと何か重大なことを告げられるのかと思ったシャルロットは、その内容に驚いた。

だがシャルロットの戸惑いなどグレイシーには届いていない。

「そうなのね、とても嬉しいわ！　シャルロットのお店に行けばいつでもこれを食べることができるのだと思うと、仕事にも気合が入るもの」

「そんなに気に入ってくださったのですね」

「ええ。シャルロットが作ってくれるものは、どれもこれも美味しいけれど、私は今までこれが一番好き」

「じゃあ、これからも気合を入れていろんなフルーツの組み合わせを考えますから、ぜひフルーツサンドのご意見番として意見を聞かせてくださいね」

「そんな素敵な役目がもらえるなんて……私も新しい組み合わせを提案できるようにいろいろ考えなければいけないわね」

そうしている間にゆっくりと食べていたマネキや、小さくなったうえで同じく味わって食べていたクロガネも一つ目を食べ終えたらしく、それぞれから次を要求された。

（……あ、エレノアを呼ぶのを忘れていたかも）

しかし約束は花畑でのお茶会だったので、イレギュラーなことが重ねて発生した今回は理由を説明すれば納得してもらえるだろう。だが、それでもまずは店に戻ったあとにフルーツサンドを作ったうえで召喚しなければ大変なことになってしまいそうな気がすると思い、シャルロットは一人心の中で苦笑した。

その後、マネキが見つけた蛇の魔獣の巣を見たフェリクスは、王都へ例のごとく魔術で伝令を飛ばしていた。見ていない間に帰ってきたらまずいということで、フェリクスはグレイシーと共に騎士団到着まで待機の指示があったため、シャルロットもそれまではそこに残ることにした。

「いっそこのまま親玉も登場してくれたら、三人で倒してしまうんだがな」

「ええ。油断するわけではありませんけど、この三人なら負ける気はしませんわね。むしろ早く倒して任務解除になり、シャルロットのお店で二次会をしたいと思います」

「せっかくのお休みでしたのに……災難ですね。お疲れ様です」

シャルロットがそう言うと、フェリクスとグレイシーは顔を見合わせた。

「他人事のようだが、お前も災難の被害者だろう」

「……そういえば」

「まあ、私は確かに予定と違っていますが……とても楽しいと思いますわ。久しぶりに学生時代に戻った気分ですもの。私も少数とはいえ、蛇退治もできましたし！」

「グレイシーがそれで楽しめたのなら、よかったです……？」

果たしてそれでよかったのかと思いつつ、彼女が満足しているのなら何よりだ。


やがて、騎士団が到着した。

シャルロットは一足先に戻ることになったのだが、その際フェリクスには「また今度、クロガネ様に乗せていただけないか聞いておいてくれ」という本気か冗談かわからないことを言われてしまった。


それから帰りの途中、マネキがそわそわとシャルロットに言った。

『主《マスター》、一つ頼みがある』

「どうしたの？」

『我の祝いを開いていただけると言っていたが、それは後日にしてはいただけないだろうか』

「いいけど、どうしたの？」

『できれば主の友人のあの者たちも招きたい。蛇退治の祝勝会を兼ねてもらっても構わぬから……

願えないだろうか？』

「全然問題ないよ。ただ、向こうのお仕事の都合もあるだろうから二人のスケジュールが優先になるけど大丈夫？」

『問題ない。感謝する』

マネキは実に満足そうに言っていた。

「じゃあ、帰って夕食と……フルーツサンド、もう一回作ろうか」

『なぜだ？』

「……マネキもエレノアのこと忘れてない？」

『………すでに一緒にいたような気がしていた』

これは、エレノアを召喚する前に、クロガネを含めて彼女が怒らないよう綿密な口裏合わせをする必要があるなとシャルロットは苦笑してしまった。

第十話　商業ギルド感謝祭と魅せるお茶作り

Welcome to the healing Mofu Cafe!

先日の騒動のあと、蛇の親玉は寝床では見つからなかったものの、移動の形跡をたどった騎士団によって一昨日退治されたらしい。シャルロットがその噂を常連客から聞いたのは、森で蛇退治をしてから九日後のことだった。

「なんでも、最初に見つけたのは城に仕えている若くて有望な貴族様と、その友人の庶民であったという話ではないか。有望な貴族様が庶民とも友人でいるという事実に、俺は熱くなったね。まぁ、その庶民ってのも俺らと同じようなやつじゃなくてきっと賢い人なんだろうけどな！」

そういって豪快に話す常連客にシャルロットは引きつり笑いで返した。

「そ、そうなのですね」

目の前にその当事者がいるなどと、相手は全く思っていない。

悪いことではないのだから隠す必要もないかもしれないが、現実を見せたときにがっかりされるのもショックだなと考えれば何も言うまいと思わずにはいられなかった。

フェリクスやグレイシーとはあの日以来まだ会っていない。

一昨日の退治まで蛇退治が継続していたのなら、おそらく本来やるはずだった毎日の仕事が溜まっていることだろう。

だからシャルロットの訓練もお預け状態ではあるのだが、ひとまずは訓練よりも次会ったときにはねぎらいをさせてほしいと思っている。

「しかしマスターの店はいつも盛況だね。アイドルの動物たちも、まだまだ増えるのかい？」

「さすがにそれはうちで働いてくれる子がいるかどうかということになるのでわかりませんが……たくさんのお客様がいらしてくださるのはありがたい限りです」

常連客が言うように今日もアリス喫茶店は盛況だ。

（これなら営業上の問題はそれほどない……はずだったのよね）

シャルロットは現状を喜びながらも、現在、少々問題が発生していることは理解していた。

それは……予定外の出費が重なったことだ。

（ドアの修理代はもちろん痛手だったけど……まさか『ちょうどいいのがある』って勧められた陶器があんないい値段をするとは思ってなかったのよね……）

しばらく前に店で強盗に襲われたとき、クロガネの活躍で危機を脱したものの、彼の移動時の反動によりいくつかの陶器が壊れてしまった。

ガラスの代わりであればシャルロットの魔力でどうにかなるのだが、残念ながら陶器に関してはどうにもならない。だから以前買った店で前回と同じくらいのものが欲しいと依頼したのだが、そのとき『前回とは違うがよいものがある。試してみないか？』と勧められたものを了承したのが間違いだった。

（『違う』のが価格帯だなんて思ってなかったし……。ただ、あちらもうちの店の営業が順風満《まん》帆《ぱん》って聞いて、それに見合ったいいものをと思って勧めてくれたんだろうけどなぁ……）

確かに商品そのものは、本来の価格より割安にはなっていた。

しかし、それでもこの店にとっては高いものだ。しかも数を揃える必要があったせいで、額が膨らんでしまっている。不幸中の幸いは客たちが喜んでいることだが――。

（このままだとフェリクス様への返済計画の一部が滞《とどこお》ってしまう）

こんなに早くに返済計画が滞るのはどうなのかと思わずにはいられない。

フェリクスに言えばおそらく『別に返済は急いでいない』と言われることだろうが、それではシャルロットの気が済まない。なにせ自分の確認不足が原因だ。

だからといって、どうすればいいのか名案は浮かばない。

（一攫《いっかく》千金の宝くじ……なんて思っても、宝くじ自体この世界にはないみたいだし。かといって、有ったところで当たるとも思えないんだけど……）

現実逃避している時間があるなら問題を解決しなければいけない。

そうシャルロットが思い直したとき、客から呼ばれた。

「マスター、悪いんだけど協力を頼めないかな？」

「え？　協力ですか？」

「ええ。チラシを置いてほしいの。ここのお店ならたくさん人が来るし、宣伝になると思うから。今度、商業ギルドが大感謝祭を開くんだけど、今年はそこで『王都土産物《みやげもの》大賞』を開催しようという話になっていて。参加店舗もまだまだ集めてるけど、お客さんを呼びたくて」

「へえ、もうそんな季節ですか」

商業ギルドの大感謝祭についてはシャルロットも知っている。

その日はお祭り騒ぎで、あちらこちらの店が割引を行ったり、楽団が外で演奏したり、大道芸人がやってきたりする。シャルロットがアルバイトをしていた飲食店もその日は露店を出していたので特に忙しかった記憶がある。

ただし、そうして働く側で参加していたので、肝心の祭り自体はよく知らない。

(この店がある公園は会場から離れてるから、あんまり関係ないかな)

むしろ祭りに人が向かうなら暇になってしまうかもしれないし、間に合うのであれば露店の申請をしてそちらで店を出すのも悪くないかと考える。たくさんの人がいるのであれば、露店を出すだけでもいい宣伝になるはずだ。

「いいですよ。入り口付近に置ける台があればいいんですけど……なにかありますかね?」

「もしよければ、チラシを置くラックがあるの。それごと置かせてもらえないかしら。ラックにチラシを入れられる場所がいくつかあるけど、もちろんほかのスペースはマスターが使ってくれてもかまわないから」

「えっと……じゃあ、とりあえずそれで」

チラシ置き場ができても店に置くチラシはまだほかにないが、今後作ったときに使わせてもらえるというのは悪くない。なにより、置いたところで邪魔にはならない。

「じゃあ、マスターにも一枚どうぞ。残りはさっそく置かせていただくわね」

「はーい」

そしてシャルロットはチラシに目を落とした。

やはり祭り自体は例年と大きくは異ならないようだ。チラシ下部には今年から始まるという『王都土産物大賞』の文字がある。

（ふむふむ。王都の名産品で旅行者に持って帰ってもらいたいものをみんなで決めようという趣旨《しゅし》なのね。それで多くの店同士で競わせる……ということか。競争はいいものを生むもんね。それでもって賞金も出るんだ）

商業ギルドのお勧め品となれば、それだけでもいい宣伝になるだろうに、さらに賞金がもらえるなんて素晴らしい。

実施方法は中央広場で各店舗から露店を出し、そこに集まった客たちが持つ投票券を利用して一位を決めるという取り組みらしい。

「へえ、食品部門もある……って、賞金は金貨百枚って……⁉」

思わずその額にシャルロットは噴き出しそうになった。

シャルロットがフェリクスから借りたのは金貨三百枚だ。その三分の一が一気に稼げるとなれば、シャルロットもチラシを穴が開くほど見てしまう。

「あら、マスターも興味がおありで？」

「ありますあります」

「じゃあギルドに来てもらうのも悪いし、チラシを置いてくれたお礼に申込書を渡しておくわ」

申込書をもらったシャルロットは急いで記入を始めた。

（『土産物』っていう縛《しば》りだと、今のメニューじゃ不利だけど……考えれば、きっとなんとかなる！）

書き上げた紙を渡すと、女性はにこにことしてそれを受け取った。

「しかしありがたいわ。王都の新星、アリス喫茶店が参戦してくれるとは。面白いことを考えるマスターだもの、面白い発想のお土産物を楽しみにしているわ」

さりげなくプレッシャーを受けたような気持ちになりながら、シャルロットは笑顔で応えた。

（さて、仕事がおわったらさっそく人目を引くような土産物を考えないと）

ここ数日と変わらず特に知らせはないので、おそらく今日もフェリクスは来られないと思う。

なので、シャルロットはその分しっかりと考えることに時間を使おうと決心した。

「シャルロット、注文が入ったけど……どうしたの？　ぼーっとして」

「あ、ううん。面白いイベントを教えてもらえたから、どうやったら優勝できるかなと思って」

「優勝？」

エレノアは不思議そうにチラシを覗き込み、にやりと笑った。

「確かに面白い催しね。仕事が終わったらお話ししましょ」

「うん」

「私、人間界のお祭りって初めてなのよね。って、忘れかけてた。これ、オーダーね」

シャルロットはそれを受け取った後、チラシを持って厨房に戻った。

早く作らなければ、すぐに注文が渋滞してしまう。

（今更だけど……、フルーツサンドのときにエレノアを呼び忘れていたことを拗《す》ねられなくてよかったなぁ）

エレノアは当日、なかなか呼ばれないことを気にはしていたらしい。

しかしマネキの千里眼の力が開眼したことや、そもそもエレノアを呼ぶ余裕がなかったこと、戦闘があって空腹だったしピクニックでもなく、道端で食べるような感じだったことから、店に戻ったあとに作り直そうと考えた……ということを説明すると、逆に喜んでまったく気にしない様子になった。

「やー、それなら仕方がない！　私を呼んでいるうちに襲われてる人たちが怪我をしたら元も子もないしね。今回に限ってはあの犬っころもよくやったと言えるわ。私もあとでゆっくり食べられるわけだし、すべてオーケー」

クロガネに対してはだいぶ上から目線な言い方だったので、やはりまだ仲は良くないのだなとシャルロットは苦笑した。しかしエレノアがなんと言おうともクロガネが相手をしないでくれたのは幸いだった。クロガネ曰く、『我々の世界では、喧嘩を売られるということは殴り合い以上から始まるものであり、それ以外は全く気にならない』とのことだった。幻獣の世界の定義はそれぞれなのだなぁとシャルロットは思ったが、それを言っていたのは子犬の姿だったので、それ以上に子犬パンチを繰り出すクロガネの姿を想像してしまい、笑いを堪《こら》えるのに必死だった。

（ダメダメ、可愛すぎるからって笑っちゃダメ。姿と言葉が似合わないからって笑っちゃダメ、クロガネは真剣に言ってくれてるんだから！）

しかも自分の勝手に浮かべた脳内の姿に笑ってしまうなんて失礼だ。

だけどクロガネならお願いすればその姿を再現してくれそうなので、お願いしたくなる誘惑を振り切るのが大変だった。

一日の仕事が終わり片づけや翌日の仕込みも一段落した後、シャルロットは新しく挑戦している薬草茶の準備をしていると、エレノアがカウンターに座った。

「シャルロットは何を土産にするつもりなの？　お土産といえばお菓子が多いのかしら？　この店の商品をそのままお持ち帰りにするとか？」

「うーん、それはちょっと難しいね。ほら、王都に遊びに来る人たちって、遠いところからきてる場合も多いのよ。だから日持ちするものがいいの」

「あー。それだと、この店で日持ちする珍しいものってあまりないもんね」

「そういうこと。あとは運びやすさの問題もあるよ。お土産は基本的に人に渡すことを前提にしているからね」

「確かに。……それで、アイデアはあるの？」

「一応、お茶にしようかなとは思ってるの。ただ、お茶だとインパクトを持たせないとほかの食品に負けると思うの」

茶が美味しいと主張しても、視覚に訴えてくる食品相手では難しい。試飲も用意するつもりではあるが、それでもずいぶんシンプルな見た目だろう。

(店のオープン時はマネキが目を引いてくれていたけれど、お土産審査となれば話は違う。あのときも店に足を運んでもらうためにチラシをクッキーの無料交換券としていたってこともあるし……今回はその場で投票してもらわなくちゃいけないんだから、まったく同じ方法は使えない)

そんなことを思いながらシャルロットはポットで蒸らしていた薬草茶を淹れる。

そしてエレノアに茶菓子と共に差し出した。

「あら、綺麗な青色のお茶ね。珍しい」

「レヴィ村……私の故郷の薬師の先生が、咳がでるときに喉《のど》を保護する薬草として、このお茶に使った薬草を教えてくれたの。夜明け草っていうのよ。ちょうど時期が来たから、お茶にしてみたの。味は私も今から初めて飲むところ」

夜明け草は紫蘇《しそ》のような葉の形をしている薬草だ。紫蘇とは違い、味はそこまで特徴的ではないが、料理の飾りに使われることもある。ただ、薬草茶にして飲むというのは聞いたことがないと茶葉店の店主も言っていた。

「シャルロットが出してくれる新しいお茶はいつも楽しみだわ。お店で出せるものに仕上がっているといいわね」

シャルロットとエレノアはそういいながら同時に飲んだ。

（味はやや甘めだけど……薄いかな？　すっきりした系統とは少し違う。でも、リラックスするのにはいいかも）

しかし、今淹れた段階では何かが飛び抜けて秀《ひい》でたお茶ではなさそうだ。

淹れ方で味も変わるかもしれないし、なんならお茶として作るときの工程を変えればもっと違う結果になるだろう。

「珍しい涼しげな色合いだし……なにかこのお茶に合うお菓子があればセット商品として出せるかな？　それなら夏に売るほうがいいかもしれないけれど……まだ改良に挑戦する価値があるかも」

「……シャルロット、それよりもお土産のことを考えたほうがいいんじゃない？」

「それもそうなんだけど、まだ残ってるし、もう一杯だけ……って、あれ？」

「どうしたの？」

「ずいぶん色が濃くなってるなって思って。お茶が薄い青色から紫色になっているの。これじゃ、味も濃すぎるかしら？」

　先程はあまり濃い味という感じではなかったので多少は濃くなっても大丈夫かと思うのだが、想像以上に色が濃くなっている。浸出が想像よりも早かったのだろう。

「これならもっと低温か、水出しのほうがよかったかな」

　そう言いながらシャルロットはお茶を飲んだ。

「どう？　苦い？」

「ううん、味は全然変わっていないわ。肩透かしを食らった気分」

　これではまるで、前世で時々飲んでいたマロウブルーのようだとシャルロットは思った。

　マロウブルーは花を使って淹れるので、今回葉を使っている夜明け草とは異なるが、多様な色の変化をするハーブティーだった。青、紫、ピンクと変化するそのお茶は、フランスではその色の移り変わりから、夜明けのハーブティーと呼ばれていた。

（……って、このお茶の反応……むしろマロウブルーそのものじゃない？　花の形は違っていたけれど……もし同じなら……）

　そう言いながらシャルロットは保冷庫からレモンを取り出した。すぐにそれを輪切りにしてカップに浮かべてみる。

　すると、薬草茶は今度は鮮やかなピンク色へと変化した。

「えっ、どうして⁉」

　混乱したのはエレノアだった。

「今、魔法を使ったわけじゃなかったわよね？　いったい、どうしたの？」

「……説明はちょっと難しいけど、成分が変化するのよ。エレノアのも浮かべてみる？」

「もちろん！」

シャルロットは誤魔化すようにそう言った。

（たぶんこの薬草の中にも青色色素のアントシアニンが入っている。レモンに反応したアントシアニンがアルカリ性から酸性になったことでピンクになった――なんて、前世の化学の知識に関わるし、転生したときのことから全部話さないといけなくなるから）

隠しているわけではないのだが、あえて言う機会もなくここまで来ているので今更言ったところで『なんで今まで言わなかったの⁉』と言われる可能性もある。そもそもこの世界で生きているわけではないエレノアは全く気にしない可能性もあるのだが。

（……ただエレノアが気にしなさ過ぎて、その話がフェリクス様やグレイシーに伝わったとき、余計に混乱するかもしれないし……無理に言う必要もないし、このまま言わなくてもいいかな）

しかし、これはいい薬草を手にしたとシャルロットは思わずにはいられなかった。

「ねえ、この色の変わるお茶をお土産にするのはどう思う？」

「なかなかいいんじゃないかしら。以前シャルロットがやってた『試飲』のようにデモンストレーションを行って、誰でも変化させられるお茶……ってすれば、珍しさで人は集まりそう」

エレノアの答えにシャルロットは口角を上げた。

「お茶自体のブレンドも、ほかにもいろいろ試してみるとして……お土産ならパッケージも用意しないとね。なにかいい箱はないかな……そうだ、この間のテイラー商会さんに相談してみようかな」

「なかなかいい感じに決まり始めたわね」

「ちょうど明日はお休みだし、今日中に計画を立てて……明日は、準備のために森へ向かうよ」

幸いにも明日は定休日だ。

試飲をするなら使い捨てのコップ代わりにシャルロットの魔力で作ったグラスをたくさん用意する必要がある。祭りの規模を考えれば、以前試飲を行ったときのグラスの量ではきっと足りないだろう。なんなら、グラスを作る時間もギリギリになるかもしれないのでエレノアに手伝ってもらわなければいけないとも思っている。

（そうなると私の魔力消費がすごいことになるから、一応、回復特化の薬草をたくさん採集しておかないと。そもそも、このお茶の材料だってお土産にするにしてはまだまだ足りない）

「そういえば、採集について……私、すごい方法を思いついたんだけど」

「どういう方法？」

「まずシャルロットは籠をたくさん用意して、私がそれを霊界に置いておくの。それで、シャルロットが採集したものがいっぱいになったら、私がそれを霊界に持っていって、新しい籠を持ってくるの」

「うん？」

「それを繰り返して、最後に私が霊界に置いている籠を全部こちらに持ち帰ってくれば……なんと、シャルロットは一往復で何往復分もの籠いっぱいの薬草が摘めるのよ」

「ちょっと待って。それだと何度もエレノアを召喚するから、さすがに私の魔力も尽きちゃうんじゃ……？」

以前自分の魔力がかなり高いとは聞いていたが、さすがにそれは無茶ではないだろうか？　シャルロットがそう思っていると、エレノアが首を傾げた。

「大丈夫大丈夫。シャルロットの魔力はもう常に有り余っているくらいだもの。凄い特異体質よね」

「……本当に？」

「こんなことで嘘を言ってどうするの」

「疑っているわけじゃないんだけど……現実感がなさすぎて」

それならば、魔力回復の薬草はシャルロットには不要そうである。明日は茶葉用の薬草集めに集中せねばと思うのだった。


翌日シャルロットがクロガネに乗って向かった先は、普段からよく行く森ではなく『鳥の森』と呼ばれる別の場所だ。

その森は名前の通り、多種多様な鳥が存在している。歌うように鳴く鳥も多く、昼間は常に華やかな音が響いている。

それならここはバードウォッチングに人気の場所なのかと思いきや、そもそも王都でもそれなりの種類の鳥が見られるのでわざわざこの場所まで観光に来る者は珍しく、今日のシャルロットのように採集活動を行う者以外の立ち入りは滅多にない。

（この森は鳥が多いから果物はほぼ食べつくされているけれど、薬草は珍しいものが多いのよね）

エレノアとは現地で召喚する約束をしており、多数の籠もすでに預けてある。マネキは千里眼の練習をするとのことなので、留守番だ。

「さてと。このあたりで呼ぼうかな」

シャルロットは森の入り口近くの地面に召喚陣を描いた。

「エレノア、準備できてたら来てくれるかな？　一応おやつのクッキーは持ってきてるよ」

そう言った瞬間、陣が光り、エレノアが現れた。

「お待たせ、クッキーありがとう。こっちは準備できてるわよ」

籠を二つ持っていたエレノアは一つをシャルロットに渡し、もう一つを自分で背負った。

「じゃあ、さっそく行きましょうか」

そうしてシャルロットたちは森に入った。

森に入るとき、クロガネは小さな姿へと変身した。それはクロガネも薬草探しを手伝おうとしたからで、ケルベロス本来の大きな姿よりも地面に近い姿のほうが都合がいいためだ。

しかし、森を歩くことに慣れているシャルロットはケルベロス以上に目敏《めざと》かった。

「……あれ？」

「何か見つけたの？」

「採集できるものじゃないんだけど、ちょっと気になって」

そしてシャルロットは道の脇で屈んだ。

（この誰かが摘んだ薬草……なんだか妙だわ）

切り口が乾いたそれは、数日前に誰かが摘んだものだろう。それだけならば、よくあることだ。しかしその乾いた切り口とは別に残った茎がやたら折れていたり、土がついていたりすることは不自然だ。

特に折れた茎はまだ瑞々《みずみず》しいことに違和感がある。

「誰かがわざわざこの薬草を踏んでるね」

「こんな端の薬草を踏むの？　必要ないじゃない」

確かにエレノアの言う通り、普通に歩いていれば踏まない場所にある。

薬草とはいえあちこちに群生しているものに関しては、道がなければ踏まざるを得ないことも多少はある。しかし、採集しにくるような人間があえて道端の薬草を踏んで傷めつけるようなことをするのは妙だと思う。

少なくともシャルロットなら絶対にしないし、ほかの採集者も自らの利点にならないことをするはずがない。

「うーん。葉についていたはずの朝露がなくなってるから……踏まれたのは今日かな？　踏まれた形から推測すると、道を逸れてこっちに行ったとか……薬草に気づかないまま踏んだような気もしなくはないかな……？」

そしてシャルロットは顔をあげた。

道から逸れてこの草を踏んだのであれば、このまま山道から外れたのだろう。

「その薬草を踏んだ人間を探しに行くの？」

「うーん、さすがに気にしすぎかなって思うんだけど……どうしてこの先に行ったのかなって」

珍しいものを求めてわざとそちらに行っただけかもしれない。魔獣も出ない森であるなら気にする必要もないだろう。そうは思うものの、どうにもこうにも違和感が拭えない。

なにせ仮に道からずれるにしても、三十センチでもズレた場所を歩けばそれらを踏むことにはならなかったのだ。やはり薬草採取をする者がそのような不用意なことをするのかと、どうしても疑問が残る。

「ちょっとだけ行ってみようかと思うんだけど……いいかな？」

「時間はたくさんあるし、私たちはシャルロットが行きたい場所に行くだけよ」

「ありがとう」

そうしてシャルロットたちは道になっていない場所を歩き始めた。

ところどころ湧き水が出ているせいで足場が固まっていない場所もある。歩けないほどではないので先行者は気にしなかったのだろうが、草についた土やへこんだ土が行き先をよく示しているおかげで、シャルロットたちが追いかけることも楽になっている。

「いや、わかりやすくないわよ。よく見ているわね」

「そう？」

「だって、どれもこれもわずかな痕跡《こんせき》。よく見ればわかるかもしれないけれど、あなたは歩きながら一瞬で見つけるんだもの」

『さすが我が主なのである』

エレノアとクロガネに褒められたシャルロットはあいまいに笑った。

褒められたことは誇るべきだが、そこまで言われると照れてしまう。

（でも、この先に一体何があるというのかしら）

進めば進むほど、慣れない人間が進む道ではないとシャルロットは思った。

なにせ途中で草むらに飛び込む羽目にもなり、薬草以外のただの雑草もたくさん生えている場所になっている。

「……鳥の声もずいぶん遠くなってきたね」

「そういえば……このあたり、全然鳴き声がしないわね？」

エレノアも今気づいたというように、上を見回した。当然、そこには鳥の姿などない。

「この森で鳥の声がこんなに遠いところなんてあった？」

「少なくとも私は知らないわ。だからこそ、鳥の森って呼ばれていたのもあるし……」

そんなことを言っていた、そのときだった。

シャルロットたちの正面から一斉に多くの鳥が叫ぶような声を響かせた。

それに驚いたのもつかの間、続けざまに銃声が響く。

「……行ってみよう！」

何かはよくわからないが緊急事態だ。

方向は先程の音で把握できたので、あとは進むのみである。

シャルロットの声にクロガネがすぐに元の姿に戻った。

『主君、跳びます！　乗ってください!!』

クロガネの言葉を聞き終える前にシャルロットはクロガネに飛び乗った。シャルロットが乗ったことを感じてすぐに飛び出す。

クロガネは最短コースを走った。木々にぶつかりそうなほどの速度であるが、逆に木々が避けていくように感じるのがシャルロットには不思議だった。エレノアは自分の羽で飛び、そのスピードに追いついている。

やがて、木々が途切れる場所に出た。

その先には岩肌が向きだしになった崖があり、洞窟もある。

その洞窟の前に先行者の男女二人組がいた。そして二人の周囲には無数とも思える鳥籠が置かれ、それぞれに多数の鳥が捕まっていた。

(さっきの鳴き声はここからだったのか)

シャルロットは冷静にそれを観察するが、相手は突然現れたシャルロットに驚きを隠せなかった。

「な……何者⁉」

「わあ、なんていうか、お約束のセリフですね……」

棒読みのような言葉を告げたシャルロットはクロガネから下りた。

「私は喫茶店の店主です。あなた方は、密猟者?」

この森で鳥を捕まえることは禁止されている。過去、一度鳥狩が流行《はや》ったときに生態系が崩れて森が死にかけたからだ。それ以降、森の危機を招かないために猟は禁止されている。

二人の様子を見ればそれを破っていることは明らかである。しかしその二人組は決して堂々としているわけではなかった。

「店主⁉　そんなもんじゃないだろう！　なんだ、その化け物は……‼」

「化け物?」

男が指さす先には威嚇するクロガネがいた。

「化け物じゃありませんよ。悪い人にお仕置きしようとしている、とってもいい子です」

「……シャルロット、そういうことじゃないのよ」

「じゃあどういうことなのよ……って、エレノア、怒っている？」

決して表情に出していない……というよりも、無表情のエレノアにシャルロットは引きつった。

感情を表に出すタイプのエレノアがこうも静かであると逆に不気味だ。

エレノアは声を荒げることなく、静かに言葉を続けた。

「どうもこうもないじゃない。こんな所業をするのはもちろんだけど、なに？　クロガネに怯えて私に気づかないなんて、どういうこと？」

「え、そこ？」

そんなところに本気で対抗心を燃やしているなどと思っていなかったシャルロットは間抜けな声をだしてしまった。付き合いの長いシャルロットがわからなかったのだから、密猟者も当然そんなことに怒っているなんて思うはずもないだろう。

しかし、怒っているということ自体はすぐに伝わった。

「畏《おそ》れなさい」

その言葉と同時に、エレノアはとんでもない風を周囲に吹かせて鳥籠を次々に切っていった。

檻《おり》が壊れたことで鳥たちはいっせいに飛び立っていく。

「あ、てめっ、何を……!!」

「許さないっていうの!?　なら、かかってきなさい！」

今度は怒りを交えた声でエレノアは叫んだ。すると、密猟者は今大声を出したことがまるで嘘のように怯んでいる。

(……うーん。この人たち、武器は持っているけれど……たぶんすごく弱いね)

さすがに素手《すで》のシャルロットが単独で勝てるとまでは言えないが、エレノアやクロガネから力を借りれば、それ以上の手助けがなくともシャルロット単独で勝てる自信はある。

しかし、今回に限ってはそんなことにはならなそうだとシャルロットは思った。

『……光の、満足したか？　あとは私がやる。楽しみを奪うな』

「あら、犬っころは大人しくしていていいのよ？　こんなの、戦いにも入らないくらいあっさりと終わるのだから！」

普段はエレノアの挑発に乗らないクロガネも、戦闘の機会を奪われてはたまらないといった具合で今日ばかりは遠慮なく主張している。

(私の出番、なさそうかな)

シャルロットの想像通り、エレノアとクロガネは互いに飛び出した。

そしてクロガネは圧倒的な力で男をねじ伏せ、エレノアも木々を操り女を捕らえる。

「喧嘩を売る相手を間違えたね」

シャルロットは思わずそうこぼしてしまった。

(さて、捕まえたはいいけど、どうしよう)

このまま放置しておくわけにもいかないし、説明するにしても現状を見てもらうのが一番早い。

「エレノア、悪いんだけど王都から衛兵さんを呼んできてくれない？」

「え？　私？」

「エレノアは空を飛べるから早いでしょ？」

「そうだけど」

「クロガネじゃ来てほしいことの説明が難しいし、お願いできない？」

「……それもそうね」

シャルロットはクロガネと普通に会話をしているし、エレノアもクロガネの言うことは理解しているものの、残念ながら一般人には伝わらない。

「じゃあ、行ってくるわ。……犬っころ、しっかりシャルロットのこと見ているのよ」

外れくじを引いたといわんばかりの口ぶりのエレノアの言葉を、すでにクロガネは聞いていなかった。それよりは捕らえた獲物をつつくなどして楽しんでいる雰囲気だった。

溜息をついたエレノアもそれ以上は何を言うでもなく、さっと空に飛び上がって王都へと向かった。

「……ちょっと、そこの女！　なに余裕ぶっているのよ！」

「え？」

余裕ぶっているというよりは、実際に困ることなど何もないのでさほど気にしていないだけだ。

捕らえた相手が危険物の類を持っている可能性もないわけではないが、エレノアがそのような状態で放置していくとも考えにくい。

「……うーん、逃げるチャンスを作ろうとする努力をされる気持ちはわかるんですが……やめておいたほうがいいですよ？」

「なんですって！」

「ほら、クロガネが興味を示してしまっていますから」

シャルロットが指させば、先程まで男をつついていたクロガネがじっと女を見ていた。

クロガネが押さえていた男は以前、店に襲撃をかけてきた男同様、恐怖ゆえか気を失っていた。

それを見た女は、それだけで意識を遠ざけてしまったようだった。

（威圧感すごいな……）

シャルロットからみれば可愛い友人であっても、やはり敵意を見せる極悪人にはとんでもない存在なのだと改めて思ってしまった。

『……骨がなさすぎる輩であったな』

「まあまあ。おかげで今ここにいる鳥さんたちにも影響が少なかったわけだし……でも、大丈夫かな。すでに取り引きされた子たちもいるよね」

密猟者たちに情報を吐かせるとしても、まずは衛兵に引き渡してからになるだろう。

そんなことをシャルロットが考えていると、急にたくさんの鳥たちが空から舞い降りてきた。

そして彼らはシャルロットやクロガネを囲み、まるでお辞儀をするかのように頭を下げた。

「もしかして、さっきまで捕まっていた子たちかな？」

シャルロットの声に呼応《こおう》するように鳥たちはいっせいに声を上げた。

『皆、主君に礼を申しております』

「通訳ありがとう、クロガネ。私もみんなが怪我をしなくてよかったよ。……怪我、してないよね？」

その問いかけに再び鳥たちが喜びの声を上げた。

「もしかしたら、これからも邪《よこしま》なことを考える人間が来るかもしれない。でも、そのときは私たちのところに来てくれたら、力になるからね。私には鳥語はわからないけれど、クロガネやマネキ……オオネコの子が伝えてくれるから」

『主君のお言葉であれば、その任、しかと引き受けます』

「ほら、頼もしいでしょう？」

力強い宣言をしたクロガネにシャルロットは思わず頭と顎《あご》の下の両方を撫でた。

やはり本来のケルベロスの姿であっても、変わらず撫で心地はとても良い。

クロガネもぐるぐると喉を鳴らしていて、気持ちよさそうだった。

『……いいなあ、あのケルベロス。とっても優しい主を得たみたいだ』

「え？」

シャルロットは突然耳に届いた声に思わず目を瞬かせた。

今の声はクロガネのものではない、シャルロットが聞いたことのない声だった。

しかし通常の声として聞こえてくる音とは違い、まるで幻獣の声のようだった。

（というより、確実にそうだよね？）

そう思いながらシャルロットは声の主を探そうと周囲を見回した。

しかし周囲には鳥・鳥・鳥。

色鮮《あざ》やかな鳥たち以外のものは見えなかった。

が、その中にずいぶん特徴的な鳥が一羽いることに気が付いた。

(……ひよこみたいだ)

その鳥はまん丸といっても差し支えない体格で、ほかの鳥たちとは違い飛ぶことができないことが一目で明らかだった。おそらく先程舞い降りた鳥たちの中にも、この鳥は含まれていなかったことだろう。いや、むしろ鳥たちが飛び立った時点でも一羽ここに取り残されてしまっていたはずだ。注目し続けていると、やがてほかの鳥と気配がやや違うことに気が付いた。

(薄いけど、魔力を感じる)

ならば、先程喋った鳥もこの子だろう。

そう思ったシャルロットは鳥たちの間をかき分け、そのひよこのもとに近づいた。

それから身を屈めて、ひよこに尋ねてみた。

「さっき、クロガネのことを羨ましいって言ったのはあなたかな?」

『き、聞こえていたのですか!? お、お恥ずかしい限りです……!』

「私があなたの言葉を理解できるっていうことは……あなた、もしかして霊界の出身なのかな?」

『い、いかにも。私はフェニックスです』

「不死鳥!?」

想定外の言葉にシャルロットは目を瞬かせる。

不死鳥は文字通りであれば、死なない鳥である。しかも相手が片手サイズのひよこ姿であるというのだからその驚きはなおさらだった。

「私、不死鳥を見るのは初めて! ねえ、みんなこんなに可愛い姿なの?」

『いえ、あの、その……!!』

『主君。主君の魔力にその鳥が怯えております』

「ああ、ごめん!!　……って、魔力?」

あまりに急に近づいて問いかけたせいで怯えられたと思ったシャルロットは、告げられた理由に首を傾げた。

「えっと……あなた、魔力が苦手なの?」

『その……私は不死鳥ですので』

会話が成り立っていないことにシャルロットは首を傾げた。

『不死鳥よ。我が主君は不死鳥が初めてらしい。ゆえにお前の説明では言葉が足りぬ』

『も、申し訳ございません。あの……私は不死鳥ですから、死にやすいのです』

「はい?」

死なないはずの鳥の名前が、死にやすいとはどういうことなのか?

シャルロットは思わずクロガネを見た。

クロガネは『それでわかると思っているのか』と言わんばかりの呆れた表情を浮かべていたが、それ以上を不死鳥に説明させる気もなかったらしい。

『不死鳥は死なないことに特化しているせいで、戦闘という点ではとても非力です。人間相手では子供にも勝てないでしょう』

「……それは、霊界で生きるには大変じゃない?」

『大変でしょうね』

ここにいるケルベロスでさえ親子喧嘩で死にかけたというくらい、霊界には強い幻獣が多数存在している。平穏に暮らすとしても、例えばマネキのように『力がない』という理由で飢える例もある。

その中で『死なない』という能力以外の力がないとなれば……。

「……あれ？　でも、それがどうして死にやすいっていうことにつながるの？　死なないんだよね？」

『不死鳥は死んでも、すぐに雛鳥《ひなどり》の姿で生まれ変わることができます。記憶もいくつか引き継ぐため、生が途切れていないという意味で『不死』と言われますが……実際、一般的な『死』に該当することを経なければその能力も発揮できません』

「だから不死なのに死ぬ、ということなのね」

『さようでございます。恐らく老衰でも生き返ることができるのでしょうが……御覧の通り、雛鳥の頃に何らかのアクシデントが生じればすぐに死ぬため、私も生まれてこのかた不死鳥の成鳥というものを見たことがありません』

あまりの言葉に、シャルロットは唖然としてしまった。

『ケルベロス様の仰る通りでございます。あの、私、今まで成鳥になったことがなく……今回もすでに命運が尽きたと思っていたときに、あなた様方に救われました。本当に感謝の言葉が尽きません』

（まさか感謝してくれた相手を気の毒に思う日がくるとは……）

確かに不死鳥としては今回のことは幸運だっただろうが、どうみても相手は不運の塊である。

「ねえ、もしあなたさえよければ……せめて、飛べるようになるまでうちに来ない？」

『え⁉』

「だって、あなたが霊界からこちらにやってきてるのだって、生き残りたいからなんでしょう？　でも、獣が出ないこの森でも危険がないわけではないし……」

事実、めったにないだろうとはいえ密猟という災難に遭っている。

ほかにも場合によっては滑落《かつらく》や餓死……考え始めればいくらでも出てきそうだ。

『し、しかしケルベロス様のほかにも光の精霊族の女王陛下もいらっしゃるご様子……。あまりに恐れ多く存じます』

「クロガネは気にしないよね？」

『私は主が思う通りになさるのが一番かと』

「ほら。きっとエレノアも同じだよ」

しかし不死鳥の躊躇いが払拭《ふっしょく》される様子はない。

『不死鳥よ。お前は我が主がそれほど心の狭い人間だと思うのか』

『いえ、そのような。しかし……』

『我が主は能力を開花させることができなかったオオネコ族を手元におき、その力を目覚めさせた経験がおありだ。……お前も、死ぬ以外の能力が目覚めるかもしれぬ』

（え、ちょっとそれは買いかぶりすぎじゃないかな‼）

確かにマネキはシャルロットのもとにきてから千里眼の能力を目覚めさせたが、シャルロットがしたことなどアルバイト代として食料と少しの魔力を提供していた程度だ。

あまり過大な期待を抱かせると、がっかりする結果を招きかねない――そうシャルロットは思っていたが、その間に不死鳥からは尊敬の眼差しを受けていた。

（あ、これもう否定できない）

期待をさせていいものかと迷うものの、ここで否定をすれば希望を打ち砕くようなものである。

そのようなことをするほど、シャルロットも心を鬼にはできなかった。

「それはマネキ……オオネコの子の頑張りがあってこそだよ。彼も自分には特別な力はないって言っていたけど、自分にできることを一生懸命やっていたから力が生まれたんだと思う」

否定も肯定もしないあいまいな言い方をするのがシャルロットにとっては精一杯だった。

ここまでの会話で誤解が多く生まれているとはシャルロットも思っているものの、先程までの畏《い》縮《しゅく》していた様子は不死鳥からは消えていた。

『何もせずに恩恵だけ受けられると思うのは早計《そうけい》だ。だが、主は我らにできない仕事は与えぬ。そなたも新人として〝セッキャク〟を行い、主の助けをすればよい』

『せ、せっきゃく、とは……』

「えーっと……まあ、それはおいおいで。とりあえず、一緒に来るってことでいいよね？」

ほぼ決意は固まっているようだったが、念のためにシャルロットは尋ねてみた。

すると、不死鳥は深々と頭を下げた。

『私も全身全霊でお仕えする所存でございます。何卒、よろしくお願いいたします』

「わかった。じゃあ、さっそく契約しちゃおうか」

『け、契約……あの、噂で聞く、魔力を提供してもらえるという……』

うっとりとうわごとのように呟く不死鳥は、感動のあまりか挙動がおかしくなっていた。一挙一

動、冷静な仕草も言動も一切ない。お陰でシャルロットは不死鳥との契約に少々手間取ってしまった。

想像以上に期待されている状況で不死鳥を迎えることには緊張もあるが、無事に契約を終えたシャルロットは自分の手の上に乗った不死鳥の姿を見てはっきりと感じた。

（この子も可愛い……。きっとこの子もお店のアイドルになれる）

まさか材料を探しに来て店員が勧誘できるとは、とシャルロットは苦笑した。

周囲の鳥たちは不死鳥がシャルロットのもとで暮らすことになったことを祝福するかのように歌っていた。

「名前も決めなきゃね」

『な、名前をいただけるのですか⁉』

お店に出てもらうなら早急に名前が必要だ。シャルロットは名前がもらえることに感激している不死鳥をじっと見た。

「琥珀《こはく》。あなたの名前は琥珀だよ。身体と同じ色の宝石の名前だよ」

『私は……琥珀でございます！　ありがとうございます！』

「気に入ってもらえたようでよかったよ。……ところで、また鳥さんたちが鳴き始めたんだけど……なんて言っているか、わかる？」

先程の祝福の声とはまた違う鳴き声は、何かを強く主張しているようではあるのだがシャルロットには想像がつかない。

『……あの、助けていただいたお礼に薬草を摘んで、主様に届けたいと皆が言っています。主様は薬草をお探しなのですか?』

「あ、うん。そうなの。助けてもらえるとすごく嬉しいけれど……いいの?」

森に住んでいる鳥たちなら、確かに効率的に薬草を集めることができるだろう。

シャルロットの問いかけに鳥たちは我先《われさき》にと返事をする。

「みんな、ありがと!」

拍手の代わりだと言わんばかりの鳴き声に、シャルロットも思わず照れ笑いをしてしまった。

さっそく飛び立った鳥たちが順番に薬草を届けてくれた頃、シャルロットのもとにエレノアが戻ってきた。

ただしエレノアが連れていたのは衛兵だけではなく、フェリクスもいた。

「あれ? フェリクス様?」

「『あれ?』とはなんだ。あれ、って」

「いえ、まさかいらっしゃるとは思っていなかったので。純粋に驚いています」

「だって衛兵さんに説明をするより、早いじゃない? どこでなにがあってー、って説明するより、とりあえず大変だから来て! って言えるし」

「確かにそうといえばそうだけど……」

しかし別の仕事をしていただろう相手にそこまで省略して話をしてもいいものなのかと、シャルロットは何とも言えない気持ちになる。

そんなシャルロットの懸念は表情にも出ていたのか、フェリクスは軽く笑った。

まう。


「別に無断で来たわけじゃないから安心してくれ」

「本当に大丈夫ですか？」

「学院時代からお世話になっている精霊女王様だといえば、引き留める人はいない」

確かに、それならむしろ『早く行け‼』となってもおかしくないなとシャルロットも納得してし
「それより、お前は本当に行く先々でトラブルを呼び込むな」

「別に私が引き寄せているわけじゃないですって」

「まあ、そうだろうけど。……それにしても、どうやって野鳥まで手懐《てなず》けたんだ」

フェリクスのみならず、一緒に来ていた衛兵たちも鳥が薬草を集めてシャルロットのもとへと順次やってきている様子には驚いている。そのため『鳥使いだ』『鳥使いは初めて見た』などといった声も漏れ聞こえてくる。

「どうもこうも、仲良しになったからですよ。ほら、みんなとても親切なんです」

「そうか。……じゃあ、それはお前が親切だったからだろうな」

「えっと……そうだと嬉しいですね」

そういう風に納得されたうえで返されるとは思っていなかったので、少ししどろもどろといった具合になりながらフェリクスに答えた。

「いろいろ聞きたいところだけど、とりあえず俺がやることはこれを連れて帰ることか。……状況についてはお前にも話を聞きたいんだが……まだ仕事中か？」

「えっと、まぁ、そんなところなんですが……」

そんなシャルロットの様子を見た琥珀が話しかけてきた。

『主様、鳥たちが、王都に戻られるのでしたら王都まで大型の鳥が籠をまとめて運びますと申しております』

「え、本当に？」

『はい。主様のお住まいは知らないとのことですが、私がいればわかるはずだと。また、王都の鳥たちに聞いて探すこともできるので問題はないかと』

「それは助かるけど……大丈夫？　少し距離もあるよ？」

『そのくらいの距離は普通……とのことです。羨ましいです』

最後は素直な願望も込めて言った琥珀に、シャルロットは思わず噴き出した。

「……何を笑っているんだ？」

「な、なんでもありません。鳥たちが可愛いなぁと思って」

あいまいに誤魔化したのはほかの衛兵たちの目もあるからだ。

この子、不死鳥です。などといえば、衛兵たちもシャルロットと同じく動揺してしまうかもしれない。

「とりあえず、私も目的は達成できたようなので戻ります。っていっても、惨状は見ての通りなので……あまり詳しい話もできませんが」

綺麗な切り口で真っ二つに壊された大量の鳥籠は、圧倒的な力が使われたことを示している。単体で見ればそれは綺麗かもしれないが、明らかに不自然で不穏である。

クロガネも男を押さえただけかと思いきや、思いっきり飛び出したためかスタート地点の土には不自然な凹《くぼ》みを作っているうえ、男に飛び掛かったときの風圧で少々木々にダメージを与えてしまっている。どんな戦闘を繰り広げればこのような状況が生まれるのかと思うが、実際のところは一瞬でこのようなことになっているのだから二人の力はすごいものだと改めて思わざるを得ない。

「とりあえず……お前を敵に回してはいけないというのがよくわかる有様だということはわかった」

「私のせいじゃないですからね⁉　この行動に関しては、私は本当に手を出してませんから」

あくまで自分が主体的に破壊行動に出たわけではないと主張するシャルロットに、フェリクスは笑った。

「手を出さなくても、それ以上に怒らせると怖い奴らが仲間というのもなかなかあるものじゃない」

「ま、まぁありがたい限りなんですけど……」

「だが、だからといって面倒ごとにはあまりかかわるなよ。意図的ではないにしても可愛い後輩が何度も事件に遭遇するなら、安全策にこれを渡しておこうか？」

そう言って見せられたのは、借金の証《あかし》として預けているはずの精霊の涙であった。

シャルロットの頬は引きつった。

「それは絶対にだめですので、心配をかけないように善処します」

「俺もお前には心配しなくてもいいくらい心強い仲間がいることは十分理解しているが、だからといって心配しないわけじゃない。強盗のときも前回の蛇退治でも、そして今回も仕方がなかったとしても、気を付けてくれ」

「はい」

確かに不可抗力だとは言え、危なっかしい知り合いがいれば心配にもなるだろう。

シャルロットだって逆の立場だったら心配になるし、そもそも現状でもフェリクスやグレイシーの仕事に対して心配がないわけじゃない。

「小言ばっかり言って悪いな。でも、今回は本当に助かった。いや……今回も、か」

「いえ、心配してくださってのことだとはわかっていますから」

「助かる。ありがとな」

礼を言われる立場なのかは疑問が残るところではあるが、シャルロットはそれに笑って返した。

「ところで、この森に来ているという話は普段聞かないが……なにか新しいメニューでも作るのか?」

「ええ。成功したら、メニューとして出す前にフェリクス様も召し上がってくださいね」

「それは楽しみだ。早く完成するのを期待している」

「まずは試作も、今日のお話が終わってからになりますけどね」

そして、帰路につこうとしたときだった。

『主よ。その者は以前、私に乗りたいと言っていたのではありませんか?』

「あ、そうだね」

『今から戻るのであれば、乗せてもかまいませんが』

「それは私が馬に乗れないから無理だよ」

たしかにちょうどいい機会ではあるが、歩いて帰れば皆から遅れる。それだと周囲に迷惑がかかってしまう。

「なにかクロガネ様が仰っているのか？」

「はい、フェリクス様が以前乗りたいって仰ってたことを覚えてくれてたみたいで。今ならちょうどいいんじゃないかって言ってるんですが……」

「いいのか？」

その顔は、まるで宝物を見つけた少年のような笑顔だった。

「ただ私が……その、馬に乗れませんから……その……！」

期待を裏切って申し訳ないと思うのだが、伝えなければいけない現実がある。

しかしそれを口にした直後、再びクロガネが口を開く。

『別に主とその人間が乗ったくらいで私はつぶれません。それくらいは鍛えておりますので』

「いや、その。それでも乗り方が……」

「なんと仰っているんだ？」

「えーっと……一緒に乗ったらどうかと、ですね」

それは無理ですよねー、と表情で伝えながら、シャルロットは乾いた笑いを浮かべた。

しかしフェリクスの口から出てきたのは「そうだな」という謎の同意だった。

「私も鞍つきの馬以外には乗ったことはないが……おそらく、クロガネ様がなんらかの力で乗りやすくしてくださっているのだろう。だったら、平気じゃないか？」

「え……？　そ、そうですかね……？」

「無理だったら、俺は馬で帰るよ。こいつもなかなかいい奴だから」

無理だったら諦めると、気にしていなさそうな言い方であるものの、先程の期待を込めた眼差しからして明らかに気にしていないわけがない。

（これ以上は断りづらい……！）

もはや実際に試してみなければ断れないだろう。

そして『問題ない。私の力があるからな』とやけに自信満々のクロガネを見る限り大丈夫なのだろう。シャルロットが、ただただ不安を抱えているだけで。

「あ、あの、ランドルフ様……」

「私は先に目撃者を連れて戻る。ああ、私の馬はついてきてくれるから安心してくれ。そういう子だ。捕縛《ほばく》したその二人は予定通りに」

「いえ、そのつもりですが……は、い……？」

そう疑問を浮かべている衛兵の後ろで、もう一人の衛兵が『ランドルフ様はいつも笑顔だが、なんだかまぶしい笑顔だ……』と言っていた。確かにシャルロットもフェリクスがここまでキラキラした笑顔を浮かべているのは見たことがない。

（恐るべし、クロガネ）

シャルロットはそう思わずにはいられなかった。


その後、店に戻ってから数日間、シャルロットは茶葉をいろいろな方法で乾燥させていた。

「……お茶の名前もどうしよう。薬草の名前からとれば『夜明け草茶』だけど……なんていうか、すでにネタ晴らしをしているみたいで面白さが足りないかな」

そして、なにより土産物なのだ。

派手な演出のお茶でもあるので、『あの草のお茶なの？』と思われるより、少し神秘的に感じられるような名前のほうがいい。

「色が変わるお茶だし……魔術茶？　いや、ちょっと硬いかな……？　だと、手品茶……？」

ぶつぶつと呟きつつ、初めて作ったときよりも低温で乾燥させて茶葉を仕上げた。

「色の具合もどっちのほうがいいのか見ないとだけど……味も大事よね」

さて、試飲してみようかとシャルロットがポットを手に取ったとき、エレノアがひょっこりと顔を出した。

「シャルロット、お客さんが来てるよ」

「ああ、もしかしてクラウスさん？」

「ああ、そんな感じの人。テイラー商会だったたっけ？」

シャルロットが慌てて出ていくと、そこには先日助けたクラウスがやってきていた。

「お久しぶりでございます、シャルロット様。お礼のご挨拶が遅れて申し訳ございません」

「いえいえ、全然遅くなんてありませんし！　聞きましたよ、あの後、商会の都合で外国に行くことになったって……わざわざご連絡にきてくださったので」

「すぐにお礼をと思っていたのですが、お恥ずかしい限りです。しかし、こちらのご依頼については完璧にこなしてみせますので」

そう言いながらクラウスが取り出したのはシャルロットが出した手紙だった。

「商業ギルドの大感謝祭に参加されるとなれば、仮設とはいえ店構えもある程度必要でしょう。王都土産物大賞にエントリーされるのでしたら、一層大事です」

シャルロットは土産については自力でなんとかしようとしているものの、露店そのものを作ることは難しい。こうしたいという希望と現実的な費用をある程度率直に話せる相手と考えたとき、シャルロットに心当たりがあったのがテイラー商会だった。

「私たちも店構えを作ること自体を専門としているわけではないのですが、港町ではそういったこともしますしご協力させていただきますよ」

「ありがとうございます」

「あと、すでに店頭で発注いただいている包装資材に関しては明日には届けさせていただきます。二割五分ほど割り引かせていただいておりますので」

「とても助かります！」

請求書を受け取りながら、シャルロットは心から感謝した。

「いえいえ、あのときに助けていただいていなければ、商品の利益どころか発注者への保証として多くの代替品を用意せざるを得ませんでした。なにより命を救っていただいたのですから。当日は応援として我が商会の者が売り子としてお手伝いしますからね」

「え、いいんですか？」

「ええ。それと……もし、その商品が良い具合に売れましたら、私どもの商会でも取り扱わせていただければと思います」

ちゃっかりと要望を混ぜられたことにシャルロットは思わず笑った。

「ありがとうございます。販路が広がるのは私としてもとても嬉しいです」

「しかしシャルロット様のような方が王都にいらっしゃったことに、私は今まで気づけなかったとは……店を開かれる前であれば、我が商会に強く勧誘させていただきましたのに。喫茶店、というのも意表をついたいいお店です。発想が素敵ですね」

「私は田舎生まれですからね。王都は学校に通うために出てきただけですし、アルバイトくらいでしか街に出ていませんでしたし……勧誘いただけるような功績もありませんから」

「ご謙遜《けんそん》を」

いや、謙遜ではなく事実であるのだが。

しかしすでに美化された存在であるらしい現状の認識を変えるのは難しいだろう。

シャルロットたちはその後、店の作りについて相談した。実演販売がしたいという旨を伝えると、クラウスはどのようなカウンターを設置するのがよいか提案してくる。

そして荷物の搬入についても話し合いを行い、シャルロットだけではなくクラウスも満足する形ができあがったとき、クラウスは楽しそうに笑った。

「シャルロット様が販売される品は、きっと幻想的な商品でしょう。楽しみにしていますから」

「幻想的……。それ、いいですね。うん、いいです」

シャルロットは自分の薬草茶が幻想的なものという点において間違いないと思っている。

幻想的といえば……精霊という存在の名前を借りるのはいかがだろうか。

精霊茶といえば、響きも悪くない。

「クラウス様。ありがとうございます。おかげさまで商品名が決まりました」

「そうなのですか⁉　私の言葉がお役に立ったなら光栄です。……しかし、私が長々とこちらにいたらお邪魔となりましょう。当日、楽しみにさせていただきます」

そう言ってクラウスが去った後、シャルロットは改めて気合を入れた。

「よし、商品名も決まったし……当日まで、もうひと踏ん張りしましょうか！」

そういったとき、ちょうど鳥たちが追加の夜明け草を運んできてくれた。

たくさんの人に応援されているのだと、シャルロットは笑顔になった。


そして、あっという間に大感謝祭の当日がやってきた。

茶葉の用意は数日前に完了させているが、もろもろの用意をすべて済ませるには前日の夜から取り組む必要があった。おかげで少々寝不足ではあるが、仮に寝ようとしていたとしても緊張で眠れなかっただろうからと思えばちょうどよかったのかもしれない。

露店には薬草茶のほか、いくつか店で売っていたお茶も一緒に置いた。一緒に売れてくれれば店の売り上げとしても嬉しいからだ。

「……それはわかるんだけど、こっちのクッキーは？　店にも出していたことはないわよね？」

エレノアが手に取ったのは、皿いっぱいに入れた薄焼きのラングドシャクッキーだ。クッキーは二つに折られて、その間には細いリボンのようなカラフルな紙が挟んである。

「それはね、占い入りのクッキーよ。お店に寄ってくれた人に配るの」

「へえ、この紙に書いてあるの？　面白いわね。一つもらってもいいかしら？」

エレノアはクッキーを一つ手に取り、紙を引き抜いた。

「『あたりです！　なかなかいい日になりそうです。薬草茶は二割引き』？　……確かにこれはいいわね！」

エレノアはそのくじを見て大笑いをしていた。

「全部こういうふうなもの？」

「思いついたことをいろいろ書いたの。ただ……手書きで作るのは思ったよりも大変だったわ」

手が痛くなったが、これも祭りのためなのだ。適当に書いたりしては、店としての評判を下げてしまう。

「……もし本当に商品化するなら、印刷所を経由させたほうがよさそうだと思ったわ」

「一つ学んだことはいいことね。じゃあ、そろそろ時間だし……こちらも本格的に始めましょうか。マネキも犬っころも、琥珀も。準備しなさいよ」

そう言ってエレノアは露店の奥にいた幻獣たちに声をかける。

『店でのセッキャクとは違うようだが、私はいつもどおり邁進《まいしん》するのみ』

『千里眼の力は必要ないだろうが……改めて力を付けた我の実力を発揮するときじゃ』

『私もひとまずがんばります！　鳴き声でお客さんを呼び込みます！』

それぞれにやる気をみなぎらせていることにシャルロットも頼もしさを感じてしまう。

やがて、祭りの開始を告げる鐘の音が鳴った。

「よし、じゃあ、始めましょうか」

周囲には鐘が鳴るより前から人出はある。ただし店の営業スタートが一斉にと決まっていることから、どこもかしこも呼び込みが始まったばかりである。

(ここで負けてはいられない)

そう思って、シャルロットは息を吸い、大きな声で周囲に呼びかけた。

「いらっしゃいませー！　今から世にも珍しい、色の変わるお茶を披露しますよ！」

他の店も大きな声を上げているが、シャルロットの声も負けてはいない。

事実、周囲を歩いていた人たちがシャルロットのほうを向いた。

「あれは、アリス喫茶店の出店？」

「間違いないわ。大きな猫も、小さな犬も……それに最近増えたという小鳥も一緒よ！」

「色が変わるお茶なんて……お店でも出てなかったわよね？　新商品かしら？」

まずは店に来店したことがある人たちが興味を持ってくれたらしい。

それを見たシャルロットは口角を上げた。

「お店に寄ってくださったらクッキーも差し上げますよ！　さあ、どうぞ！」

「お姉ちゃん、クッキーくれるの⁉」

そう言って、まずは三人の子供たちがシャルロットのもとへやってきた。

「あら、可愛いお客さん。そうだよー、あげるよ。はい、どうぞ」

そう言いながら、シャルロットは子供たちにクッキーを差し出した。

「わあ、紙が入ってる」

「これ、なんて書いてあるの？」

「えーっと……クッキーもういっこって！」

そう言いながら、子供たちはクッキーに夢中だ。

シャルロットはそれを見て故郷のきょうだいたちのことを思い出した。

あの子たちのためにもまだまだ頑張らないといけないなあ、と思いつつ、シャルロットはすぐさま次の準備に進んだ。

「ねえ、お姉ちゃんが手品を見せてあげようか」

「どんな手品なの？」

「このお茶。今、紫色をしているよね？」

「うん」

シャルロットが子供たちに見せたのは、小さなグラスに入った精霊茶だ。

子供たちは食い入るようにそれを見る。

「ここに、このレモンの果汁を少し絞って、ぐるぐるかき混ぜると……あら、不思議」

「ピンク色になってる！」

「すごい！」

「はい。どうぞ。よかったらきみたちもやってみて」

そうしてシャルロットは小さく切ったレモンと、小さなグラスと木のマドラーを子供たちに渡した。子供たちが歓声を上げると、周囲からほかの人たちも集まってくる。

「はい、いらっしゃいませ。どうぞ、ぜひとも見ていってください！」

「シャルロット。私は別の通りで宣伝してくるわ。ここはテイラー商会からの助っ人もいるし、なんとかなるでしょう？」

「ありがとう。じゃあ、任せる」

「ええ。大船に乗った気持ちでいてね」

そうしてエレノアが露店から離れるのとほぼ同じときに、次の人たちが押し寄せた。

「ねえ、先程の……私たちにも見せていただける？　紫から桃色になると聞こえたわ」

「ええ、もちろん。これ、最初は紫じゃなくて青から始まるんですよ。そこからご覧になりますか？」

「ええ！　ぜひ！　楽しみだわ」

そう言っていると、さらに人々が寄ってきた。

「こちらクッキーです。ぜひぜひ試飲のおともにしてください」

「アリス喫茶店の占いクッキーですよー！　もしかしたらお茶が割引で買えちゃうかもしれませんよ？」

そう言いながら、テイラー商会の二人もシャルロットのバックアップに励んでいる。

おかげで人が途切れることもないし、会計も混んではいるが混乱はしていない。

「ずいぶんすっきりしたお茶だな」

「なんにでも合いそう。なにより、この華やかな色合いはいつまで見ていても飽きないわ」

「このお茶の色が出てくるところをもっとよく見たいわね……。どうすればいいのかしら？」

「それでしたら、こちらのティーポットがありますよ。透明ですので、よく御覧いただけるかと」

「まぁ！　これは素敵ね。一緒にいただけるかしら？」

「さっき、あちらで珍しいお茶を売っていると聞いたのだけど……」

こうして人が人を呼び、あっという間に店の前には人だかりができていた。

さてどうしようかと思っていると、今度はマネキとクロガネが器用に列を整理してくれていた。

（……数はだいぶ用意していたから余るくらいのつもりでいたけど……ものすごく順調かな……！）

この分《ぶん》で行けば、最後は予約注文の形になってしまうのではないか。

そう思ったシャルロットは応援に来てくれている商会の女性に、急ぎ注文書を手配することは可能かと尋ねた。すると「もちろんです！」という心強い返事をくれる。この想定外の事態にも対応してくれる応援部隊には感謝しかない。

そう思っていると、四半時《しはんどき》もかからないうちに大量の注文書が届いた。

「盛況ですね。こちら、ご利用になった分以外は返品で結構ですので！」

そう言って届けてくれたのはクラウスだった。

彼は注文書の入った箱と、大きな紙袋を抱えてシャルロットのもとにやってきた。

「いやあ、繁盛なさっているのは大変喜ばしいことです。本格的に、取引についての詳細をご提案させていただかないといけませんね」

売り込みをするのを忘れないクラウスはずいぶん楽しげだ。

「ありがとうございます、クラウス様」

「いえいえ、お役に立てるのでしたら光栄です。そういえば、シャルロット様はほかのお店を見学なさる時間はなさそうですよね？」

「そ、そうですね……盛況なのはありがたいことなのですが、さすがに余裕が……」

混乱していないとはいえ、店主の自分が混雑しているところを放ってあちこち見て回るのは難しい……というよりは、気が気でなくなる。

その返答にクラウスは得意げに笑った。

「そう仰ると思って、私がいろいろな土産物を買ってまいりました。ぜひ、どうぞ」

「え……、いいんですか⁉　ありがとうございます‼」

差し出されたのは、箱と一緒に抱えていた大きな紙袋である。

さっそく台の上に置き、シャルロットは中身を見た。

「わぁ……いろんな種類のものが入っていますね」

磨《みが》き上げられて輝きをもつ貝を使ったアクセサリーや花が彫られた木製の手鏡といった工芸品から、ビーフジャーキーに燻製《くんせい》チーズなどのお酒のあて、ワイン、ドライフルーツなど日持ちする食べ物などたくさんある。

それらの中でも特にシャルロットが気になったのはリーフパイだった。菓子も扱う店としてはどんな味なのか、とても気になる。

「一つ、いただきます」

かじりつくと、表面のざらついた砂糖と多くの層からなるパイ生地の食感が心地よく、濃厚なバターの風味は贅を満喫している気になる。

「お、美味しいですね……！」

気を抜いたらすぐに食べきってしまいそうになる、とシャルロットは思った。

美味しいものに巡り合えたことはとても嬉しく感じるものの、若干の焦りも生まれる。

自分はこんな美味しいものと対抗しようとしているのか、と。

（改めて思うけど、とても凄いところで戦おうとしてるんだね、私……！）

もちろんこのリーフパイだけではなく、先程の工芸品や食品たちも素晴らしいものばかりだ。

「ええ、とても美味しいですよね。シャルロット様のお茶ともよく合います」

「ほ、本当ですか？」

「ええ。やはり王都の歴史あるお店のものは素晴らしいですが、新しく舞い込む風も突風のようで勢いがあります。きっといい王都名物になりますね」

「……そうですね。ええ、精一杯宣伝して、たくさんの人たちに広めていくしか、今の私にはできませんからね」

今更ながら少し怖気づきはしたものの、やれることは変わらずそれだけだ。

「ありがとうございます、クラウス様！　ええっと、このお土産物のお金は……」

「ああ、結構ですよ。実は今日の差し入れのご挨拶も兼ねて多めに購入しておりますので、ぜひもらってやってくださいませ」

「え、いいんですか？　で、でも結構な金額になります……よね？」

本当にもらってしまってもいいのかと思っていると、クラウスは首を振った。

「お気になさらずに。それに……思いがけずたくさんの量を購入してしまいましたので……むしろもらっていただければ助かります」

「それでしたら……ありがとうございます。遠慮なくいただきますね」

そんなにたくさん購入したのかとシャルロットは驚いたものの、商人の営業としては必要なことなのかもしれない。そしてそれだけ購入したクラウスがシャルロットのものも素晴らしいと言ってくれているのだから、この場でも強く自信をもっていいのだと改めて思った。


やがて、土産物大賞の投票を締め切る時間がやってきた。

即時開票後に表彰を行う予定であるが……店が忙しすぎた結果、ほかの店の人気の具合を探れなかったため、どのような評価になるのかはわからない。

「……テスト返却のときの気分ね。でも、テストのときと違って正解がわからないから……こっちのほうが緊張する」

「でも、やれることはやったし、商品は売り切れたし。頑張ったわよ。少なくとも、今日の売り上げはお店的には黒字じゃない！」

「そうだね。……少なくとも、打ち上げできるくらいには黒字かな」

そのシャルロットの言葉を聞いた幻獣たちは一斉に顔を上げた。

『打ち上げとは……宴《うたげ》のことか⁉』

『何を、何をなさるのですか、主様！』

『よくわからないですが、それは楽しいことですか！』

各々の反応にシャルロットは笑った。

「楽しいパーティーのことだよ。……大きいパイでも焼いちゃおうか？」

シャルロットの言葉に、幻獣たちとエレノアは歓声を上げた。

「もしよければ、テイラー商会の皆さんもご一緒にいかがですか？」

「よろしいのでしょうか？」

「だって、今日の打ち上げですから。手伝ってくださった皆さんにも一緒に参加していただけると私も嬉しいです」

そういうと、助《すけ》っ人《と》の二人は顔を見合わせてからにこりと笑った。

「ありがとうございます。では、遠慮なく」

「実は一度お店にお邪魔してみたかったので、このような機会をいただけて光栄です」

そう言って、彼女らの参加も無事に決まった。

「じゃあ、お片づけをいたしましょう。そのうちに、発表もあるでしょうから」

そういう流れで、シャルロットたちも少しずつ片付けを始めた。

商品はほとんど売り切れているので、片付けるのはテーブルクロスや売上金、看板などだ。店自体の解体は、のちほどクラウスが請け負ってくれるらしい。

「あれ、シャルロット。呼ばれてない？」

「え？」

「ほら。アリスさーん、ってシャルロットのことでしょう」

あまりアリスの名で呼ばれることがないので、シャルロットは自分のことだと認識できていなかった。どうもアリスの名を叫んでシャルロットのことを探しているのは、商業ギルドの係員のようだ。

シャルロットは片付けを皆に任せ、いったんそちらに向かうことにした。

「あの、私がシャルロット・アリスですが」

「あああ、よかった。すみません、早速ですが表彰のご準備をしていただこうかと」

「え、早くないですか⁉」

開票が始まってからまだ間もない。

だからまだまだ待つことになると思っていたのに、あまりにも急すぎる。

「それほど圧倒的なのです。ただ、まだ……その、集計作業の段階で確認している票に偏《かたよ》りがあるかもしれませんので、大賞を確約できるものではありませんが……確実に受賞はなさいますので！　ですから、こちらでお待ちいただくことはできませんか？」

「ええっと……もちろん、ですが……あの、本当ですか？」

「こんなことで嘘をついたら、後で私が怒られますよ！」

「そ、それもそうですね」

しかし、シャルロットとしてはまだまだ現実味がなかった。

（でも……とりあえず、賞金はいただける……！）

この調子であればこれからもお茶は売れるだろう。きっと、安定した収入にもなる。

「しかし、不思議ですね。私も見せていただきましたが、お茶の色が変わるなど考えてもみませんでした。よく薬草茶にレモンを入れるなんてお考えになりましたね。驚きですよ」

「ありがとうございます」

この国では紅茶にレモンを入れるという習慣がないので、それは自然な考えなのかもしれない。

「……こう言えば、理屈を喋ってくださる方も少なくないんですがね。どうやら、あなたは思っている以上に商売人らしいですね」

そう言ってにやりと笑った商業ギルドの係員にシャルロットは少し驚いた。

「今後、もしかすると紅茶にレモンを入れる飲み方が流行るかもしれませんね。お店のほうでもそのような出し方をされるおつもりで？」

「そうですね、少し考えてみます」

「しかし気を付けてくださいね。以前からあなたは商業ギルドでも噂になっていましたが、これまでは飲食業であることから私たちとはあまり関係ないと思われていました。けれど、これからは私たちもあなたのお店をよーく注目させていただくことになりますので」

（どうやら……ライバルと認定されたのかな）

それは大変なことだなと思うと同時に、少しだけ嬉しくなった。

大変なことではあるが、それは商売人のプロからも認めてもらえたということだ。

それから、どう思われていようともシャルロットができることは一つだけ。

「お店にきてくださるのでしたら、心より歓迎させていただきます。私もよりよいお店にできるよう、皆さまから学ばせていただきたく思っておりますので」

シャルロットの言葉に彼は目を見開いた。

「なるほど、その冷静さや落ち着きはご立派です。とても新人店主とは思えませんね。そして……だからこそ、手練《てだ》れの商人たちに勝てたのかもしれません」

「まだ、大賞は決まったわけではないと……」

「ええ。でも、開票でそんなに偏ることってありますか？　ほぼ確定ですよ。ほら、スピーチもあるのですから、しっかり宣伝文句を考えておいてくださいよ」

そう告げた彼は、かしこまった様子でシャルロットに言った。

「改めて、おめでとうございます。そして、これからも頑張ってくださいね」

その声にシャルロットもしっかりとした声で「はい」と返事をした。

エピローグ
これからも続く物語

王都土産物大賞を受賞してから、はや十日。

閉店後の店に、久しぶりにフェリクスがやってきていた。

それはずいぶん間が空いてしまったものの、約束していた護身術の指導にやってきてくれたのだ。

「いろいろ忙しいのに、しっかりと基礎練習は続けていたんだな」

「え、わかるんですか？」

「そりゃ、もちろん。動きが変わってるからわかる」

練習後、フェリクスに言われたことにシャルロットは驚いた。

自身では違いなどまったくわからないのだが、練習をすればそれだけ上達に近づいてはいるらしい。それは喜ばしいことだとは思うのだが……本人がその違いに気づけないほど些細なことなので、反応には困ってしまう。

「フェリクス様、お食事、食べていかれますよね。もう下ごしらえは終わっていますから、すぐに用意できますよ」

「助かる。昼飯を食べる時間がなかったから、腹が減っていたんだ」

「って、それなら先に言ってくださいよ！　お稽古の前に召し上がっていただきましたのに！」

「空腹時に戦闘することだってあり得るんだ。別に急ぐことじゃない」

「いや、お稽古だと戦闘訓練にはなり得ないでしょう」

シャルロットは自分の戦闘能力がいかほどかは理解している。少なくとも体術の面においては、まるまる一般人だ。

「……まあ、それはそれだ。それより、今日のメニューはなんだ？」

「ハンバーグとポテトサラダです。あと、少し材料が余ったのでフルーツサンドを作っています。……この間、あんまりゆっくり食べられなかったでしょう？」

「それはとても楽しみだな。あれはすごく美味かった。今まで食べたものとは全く違ってな。おかげで、食堂で出るサンドイッチを見るたびに『あれは食べられないのか』と少し残念に思ってしまっていた」

お世辞が混じっていることは確かだろうが、それほど好みにあったのであれば嬉しいことだ。

「あと、それから……今日は繰り上げ返済もさせていただこうと思いまして」

「王都土産物大賞で大賞を受賞したからか？」

「あれ、ご存知でした……？」

「ご存知も何も、あの日は俺も警備で出ていたからな。授賞式も見ていたぞ」

「それは、なんともお恥ずかしい……」

直接成果を伝えようとしていたのに、先に知られていたのはやはり恥ずかしい。

以前も……宮廷召喚師になれなかったときも先に知られていたのに、今回もとは。

「実に立派なスピーチをしていたじゃないか。『多くの方にお手伝いいただき、素晴らしい賞をいただくことができました。皆様に楽しんでいただけるものをこれからも提供していけたらと思いますので、どうぞよろしくお願いいたします』だったか？」

「なんで一言一句《いちごんいっく》たがわず覚えているんですか!!　私自身でも正確には覚えていませんよ!?」

いろいろと考えたものの結局大したことが言えなかったが、拍手喝采を浴びたのは記憶に新しい。

「いいじゃないか。素直な言葉だったんだろう」

「ですけど、ほかの受賞者の方々って長くてカッコいい言葉でスピーチされていたじゃないですか」

「場数の違いだ。それに、難しい言葉が最高というわけでもないだろう」

「否定はできませんが……」

「つまり、正解も不正解もない。それでいいじゃないか。土産物も好評だったんだし」

そう言いながら席についたフェリクスに、シャルロットは賞金を持ってやってきた。

「全部で金貨百枚です。今後はお茶もたくさん売れると思いますから、このままどんどんお返ししていきますので」

「わかった。確かに」

「確かに、じゃありません。ちゃんと数えてから言ってください。フェリクス様、あまり人が好すぎるといつか騙《だま》されてしまいますよ」

人が好いのはもちろん長所ではあると思うが、未来の侯爵様が騙されやすいとなれば話が別である。大変な事態になりかねない。

「相手を選んでいるから大丈夫だ」

「私が悪いことを考えていたらどうするんですか」

シャルロットの言葉にフェリクスは笑った。

「お前、自分が人を騙せる人間だと思うか？」

「……思いませんけど」

「そんな奴に俺は騙されない」

反論できそうでできない言葉に、シャルロットは返す言葉がない。

「しかし、思った以上に早かったな。予想外のことばかりするとは思っていたが、返済でもとは」

「私も、まさかこういう返済方法があるとは思っていませんでしたけどね」

ただ、これは嬉しい誤算だ。

借金が減ったということは、養護院の修復にも一歩近づいたということだ。

（養護院が綺麗になったら今度はみんなに王都旅行をプレゼントしてあげたいな。大きな建物がたくさん並んでいるのを見ただけでも、きっと喜んでくれるはず）

招くことができたのなら自分の店も見てもらいたいし、素敵な友人も紹介したい。

夢はどこまでも膨らんでいくが、そのためにもまずはこれからもお店を盛りたてていかなければならないと改めて思う。

「それはそうと、大賞祝いだ。俺とグレイシーから」

「え？　あ、あの、ありがとうございます。開けてもかまいませんか？」

「どうぞ、お好きに」

そうして許可がでたところで、シャルロットは改めて差し出された包みを見た。

四角い箱に入ったそれは、それほど大きな箱ではない。けれど非常にしっかりとしたものだ。

シャルロットは緊張しながら、箱にかかったリボンを解き、蓋《ふた》を開けた。

するとそこには、真っ白なカップとソーサーが入っていた。

「綺麗……」

初めて持つものであるのに、手にしてみればまるで以前より使っていたかのように馴染んで非常に持ちやすい。

「ありがとうございます！　すごく嬉しいです……」

「ならよかった。よければグレイシーにも手紙を書いてやってくれ。しばらく缶詰状態で、ひと月はここにも来られないだろうから。俺が帰るまでに書いてくれたら、持って帰る」

「わかりました。よろしくお願いしますね」

しかし手紙を持って帰ってもらうのであれば、同時にいくらか茶をお土産に持っていってもらおうとシャルロットは思った。ここは、受賞したばかりの精霊茶がいいだろう。

「ああ、そうです！　グレイシーもフェリクス様もお忙しいとは思いますが、もし、お二人とも都合がいい日があればお付き合いいただきたいのですが、お願いできませんでしょうか」

「それはもちろん……また、採集かピクニックか？　それとも魔獣退治か？」

「いえ、マネキの千里眼開眼のお祝いをしなければという話をしておりまして」

「お招きいただけるなら光栄だ。最優先で合わせられるよう、確認する」

「ありがとうございます。嬉しいです」

これでマネキにもいい報告ができそうだと、シャルロットは安堵した。

大賞受賞の打ち上げも盛り上がったが、それ以上に盛り上がれるようにするにはどうするべきかとシャルロットは悩ましく思う。

「って、ああ、安心している場合じゃありませんね。すぐにご飯の用意をしますから！」

「フルーツサンドもよろしく」

「任せてください」

そしてシャルロットは、厨房に戻ろうとした。

「……宮廷召喚師になれなかったことは残念だったが、お前はこちらのほうが合っていたのかもしれないな」

「え？」

「すごく楽しそうだ。新しいことを次々に思いついて、人も楽しませる。凄いことだと思う」

確かに、その通りかもしれないとシャルロットも思う。

思っていた将来とは違っていたけれど、満足で充実していて、毎日が新鮮だ。

「昔からそうだけど、お前を見ているとこっちも飽きないよ」

「じゃあ、これからも見ていてくださいね。これからもっと、素敵なお店にしていきますから」

「ああ。楽しみにしている」

そして、今度こそシャルロットは厨房へと向かった。

今日も、明日も、明後日も立つはずの、この調理場。

ここに立つために、たくさんの仲間が協力をしてくれている。

そのことに改めて感謝をしつつ、これからもここから――この店から、たくさんの幸せを作っていきたいと心に誓った。

番外編

面白い後輩ができた話

フェリクス・ヒューゴ・ランドルフがシャルロット・アリスという女生徒を見つけたのは、たまたま街へ遊びに行っていたときのことだった。

フェリクスは放課後に学生自治会の仕事があるものの、街に出るのはほかの学生よりも頻繁《ひんぱん》である。というのも、夜に剣術の自主練習をしていると腹がすくため、夜食代わりになるものを買いに出かける必要があったのだ。ただしそれだけではなく、単に城下町が好きだということもある。誰が思いついたのかと思うようなおもちゃを見ることも、下世話な噂話を聞きながらいわゆるB級グルメというものを楽しむのも、何もかもが新鮮で面白い。

もっとも、学院でそのようなことをする人間は少数派だ。

学院内にはだいたいの物品はそろっているし、どれもこれも貴族が納得できる一級品。それらが無料で支給されるのだから、街中に出る必要もさほどないのだ。

そう……必要なものは支給されるからこそ、学生でアルバイトをする者など見たことがなかった。

初めは名前も知らなかった。

ただ、見覚えがあったのは彼女が召喚師見習いだったからだ。魔術師見習いも多いわけではないが、召喚師見習いとなればさらに少ない。だから、フェリクスも『なんとなく見覚えがある』程度には覚えていた。

（何のためにアルバイトなんかしているんだ？）

そう疑問に思うものの、飲食店で勤務しているその表情は心底楽しそうで、周囲にとても馴染んでいた。それは、学院にいる召喚師見習いの学生たちとは異なる様子であった。

（……まあ、学院の召喚師見習いたちがおかしいんだろうが）

今年は例年にも増して召喚師見習いが多いということもあり、ついに十数年ぶりに新たな召喚師が誕生するのでは、と言われていた。とはいえ、フェリクスは『候補者の数の問題ではない』と思っていたので、その話は無駄な希望だと思っていたのだが。

母親が宮廷召喚師であることから、召喚師というものをなんとなく身近な存在だと感じていた。しかしながら、学院の召喚師見習いはことごとく『違う』と感じていた。

召喚師は『幻獣を使役するもの』と周囲は思っている。

しかし幻獣は本来、友愛を理由に信頼をもって召喚師に力を貸している。

幼い頃から召喚獣と触れ合っていたフェリクスは、教えられこそしていなかったものの、そのことにはなんとなく気づいていた。

しかし、それを口外しないのには理由がある。

それは今までに召喚契約を成功させた者たちが正しい情報を広めないのと同じ理由だ。正しいことを広めると契約までは偽りの姿を見せ、被召喚者を騙すものが出るかもしれない。宮廷召喚師たちが契約している幻獣はいずれも強い力を持つものたちだが、中には力なき幻獣もいる。力なき幻獣が横暴な召喚師と契約してしまった場合、その者の言いなりにならざるを得ない恐れがある。使役を目的にしていた者が力なきものを召喚した場合、召喚獣を傷つける可能性も否定できないことから、誰も口にしないのだ。

逆に万が一でも力あるものを騙した場合には、人間という種族が報復される恐れもあるという一面もあるのだが。

(もっとも、そんなことをしないような奴なら自然と気づくこともあるんだろうが……)

しかし、魔力を持っているのは貴族がほとんどだ。

この国には貴族を極端に特別なものだと主張する者が少なくはない。そのうえで召喚師見習いとされる貴族たちは『魔力を持つくせに落ちこぼれ』と言われることを避けるために必死で『過去の召喚に成功した者と同じことをする』、いわば『高価な貴金属を用意する』ことに固執している。

気づくチャンスを自ら潰していっているのだ。

そうして躍起《やっき》になっている者が周囲にいれば、召喚師候補だという平民出身の学生もきっとその思想に染められ、召喚師としての道を諦めざるを得ないと考えるのではないか……と思っていたが。

どうにもこうにも、彼女があまりに楽しそうに働いているので、思わず学院に戻った後に名前を調べてしまったのだ。

そこで、シャルロット・アリスの名前を知った。

レヴィ村という場所の養護院で暮らしていた、孤児らしい。

(召喚の対価の用意のために働いているにしても……ずいぶん楽しそうだな)

周囲の様子を見てみても、ずいぶん仲間たちから可愛がられているらしい。学院内でも一人魔力の増幅訓練を行っていたり、書庫で調べ物をしていたりする姿をよく目にした。それは、まるで教科書通りの召喚術を信じていないようにさえ見えた。

もしかしたらこの少女なら召喚に成功するかもしれないな、とフェリクスは心のどこかで思っていた。

その一年後、本当に彼女は召喚に成功した。

しかも、対価として用意したのは茶と茶菓子だ。

ちょうど裏庭で稽古をしていたフェリクスは、初めはテーブルや椅子などを持ち出すシャルロットが一体何の準備をしているのかさっぱりわからなかった。

だがそれを用意し、定型とされている詠唱を破棄し、過去に召喚にも契約にも成功した者などないはずの光の精霊女王を呼び出したのだから驚きだ。

正直、一連のことに笑いを堪えるのに必死だった。

そして、少し嬉しくもなった。

やっと召喚の本質に気づいた者が現れた、と。

自分が召喚したわけでも、召喚されたわけでもない。けれど、なぜか仲間が現れたような気持ちになったのだ。

ただ、これでシャルロットがややこしいことに巻き込まれるのは確実だろうなとフェリクスは思わざるを得なかった。もともと仲が良くない貴族出身の召喚師見習いたちが、嫉妬《しっと》をしないわけがない。言いがかりをつけることも考えられる。

加えて、そのようなことにシャルロット自身が気づくとも考えにくかった。

なにせ、彼女は新しい『友人』への対応でいっぱいいっぱいだったからだ。

「……まあ、放っておくのは学生自治会の副会長としてもどうかと思うしな」

そう思ったフェリクスは翌日、周囲の噂にいつも以上に気を付けていた。そして、何やら宝石を盗られたと騒いでいる学生がいるとの話を耳にする。

(やっぱり来たな)

騒いでいたその女生徒は、以前から黒い噂がある家の令嬢だった。

もともと追っていたものであることから、行動パターンは見えている。

そこからの行動は早かった。

ただ思ったよりも相手の動きが早かったので、教員の前まで乗り出すことになってしまったのは想定外だったが。

突然登場したフェリクスにシャルロットは『わけがわからない』もしくは『誰ですか』というような表情を浮かべていた。

本当はここで『初めまして』と言ってしまいたかった。

けれど、急ぐ必要はない。時間はこれからたくさんある。

(たぶん、いい友人になれる)

そうなれば、きっと面白いこともたくさん起こるだろう。

その想像がまったく間違いでなかったことは、あまり時間をかけず実感できることとなる。

そして彼女が宮廷召喚師になることに前向きであると知ったときは、これからも面白くなると思っていたのだが……。

「フェリクス。私の後輩になり得る学生がいたはずなのに……どうして、彼女は受験をすることができなかったのですか？　生徒の平穏を守れないなんて、学生自治会長に就いた者としての自覚が足りていなかったのではなくて？」

「母上、無茶を言わないでください。私はもう卒業しています」

そう、シャルロットが受験の妨害を受けたのは想定外だった。

息子やグレイシーから面白い候補者がいると聞いていた現役宮廷召喚師は非常にお怒りだったが、教師が受験票を隠すなど……普通では考えられない。

しかし無茶だと言いながらもフェリクスは、話を聞いた後となれば『あの教師ならやりかねない』と思えて、もっと配慮してやれていれば……と後ろめたさが残った。

だから、光の精霊女王ことエレノアから『シャルロットにお茶の店を開かせたいと思うの』と相談を受けたときには即答で協力を申し出た。

ただ、それは実のところ罪悪感からだけのものではなかった。

純粋にシャルロットが淹れる自作の薬草茶が美味いことを学生時代から知っていたからだ。紅茶にしても、ずいぶん知識を広げていた。だから、確かにそれだけでも商売は成り立つと思った。

また同時に、シャルロットであればきっと自分では想像できない楽しいことを繰り広げてくれるだろうと思ったこともある。

しかし、そうして協力したものの、フェリクスはのちにまた一つ計算外だったことがあることに気づかされる。

楽しそうな『アリス喫茶店』の噂を聞くたびに、いつでも気兼ねなく店に通える常連客たちを羨ましいと思ってしまうことになるなど——そのときはまだ、想像さえしていなかった。

ドロップ!!
～香りの令嬢物語～

著：紫水《しみず》ゆきこ　イラスト：村上《むらかみ》ゆいち

　3歳の時、病で高熱に浮かされていたコーデリアは、唐突に前世の記憶を思い出した。

「私、乙女ゲームの悪役令嬢『コーデリア』に生まれ変わっちゃったんだ――」

　コーデリアに待っているのは、破滅の未来……でも、それは王子に接触しなければ回避可能。

「……だけど、せっかく可愛らしく生まれ変わったのに、王子回避だけの人生なんてもったいなさすぎる！」

　前世で培った薬草の知識を使って、自分を磨いていこうと決意するコーデリア。

　Webで大人気の"香りの令嬢"が繰り広げる挑戦譚、待望の書籍化！

ArianRose
アリアンローズ

詳しくはアリアンローズ公式サイト http://arianrose.jp

コミカライズはFLOSコミックをチェック! http://comic-walker.com/flos/